Manifieste sus de

La visualización creativa es un método que sirve para encaminarnos hacia las cosas que deseamos, ya sean físicas o emocionales, como dejar el hábito del cigarrillo o encontrar paz interior, perder peso o viajar a otros continentes, encontrar un nuevo trabajo o tener mejor salud —con *Guía Práctica a la Visualización Creativa* usted podrá convertir todas sus aspiraciones en realidad—.

Esta obra le enseña cómo transformar su energía en una poderosa fuerza magnética para atraer las cosas que desea. Mucho más que un simple manual para una "actitud positiva", este libro presenta técnicas comprobadas para trabajar con la fuente creativa universal a través de ejercicios prácticos desarrollando sus habilidades psíquicas.

Comience a hacer realidad sus sueños con la ayuda de la visualización creativa y disfrute de salud, bienestar y abundancia como nunca antes lo había experimentado en su vida.

Sobre los Autores

Melita Denning y Osborne Phillips son dos autores reconocidos internacionalmente como autoridades de la corriente de Misterios del Mundo Occidental y la Tradición Ogdoádica, ambas influyeron en la creación de la Escuela Hermética cuyas palabras claves son sabiduría y regeneración.

Los autores recibieron su mayor entrenamiento esotérico en la orden mágica Aurum Solis, una sociedad fundada en 1897, la cuál continúa activa hasta nuestros días. El 8 de julio de 1987 ambos autores se retiraron de esta sociedad; pero el 23 de junio de 1988, por petición unánime de los miembros, se reanudaron las actividades.

Melita Denning falleció en 1996.

Para escribir al autor

Para contactar o escribir al autora, o si desea más información sobre este libro, envíe su correspondencia a Llewellyn Español para ser remitida al autor. La casa editora y la autora agradecen su interés y comentarios en la lectura de este libro y sus beneficios obtenidos. Llewellyn Español no garantiza que todas las cartas enviadas serán contestadas, pero sí le aseguramos que serán remitidas al autor.

Favor escribir a:

Osborne Phillips
℅ Llewellyn Español
P.O. Box 64383, Dept. 1-56718-204-6
St. Paul, MN 55164-0383 U.S.A.

Incluya un sobre estampillado con su dirección y $US1.00 para cubrir costos de correo. Fuera de los Estados Unidos incluya el cupón de correo internacional.

GUÍA PRÁCTICA A LA

VISUALIZACIÓN CREATIVA

TÉCNICAS EFECTIVAS PARA LOGRAR LO DESEADO

DENNING & PHILLIPS

Traducido al español por: Edgar Rojas

2002
Llewellyn Español
St. Paul, Minnesota 55164-0383, U.S.A.

Primera Edición
Primera Impresión, 2002

Diseño de la portada: Zulma Davila
Diseño del interior: Kimberly Nightingale y Alexander Negrete
Edición y coordinación general: Edgar Rojas
Foto de la portada: © Adobe Image Library
Traducción al español: Edgar Rojas

Library of Congress Cataloging-in-Publication Data
Biblioteca del Congreso. Información sobre esta publicación.

Denning, Melita.
  [Llewellyn practical guide to creative visualization. Spanish]
  Guía práctica para la visualización creativa: Técnicas efectivas para lograr lo deseado / Melita Denning & Osborne Phillips; traducido al español por Edgar Rojas.
    p. cm.
  Includes bibliographical references and index.
  ISBN 1-56718-204-6
  1. Success—Psychological aspects. 2. Imagery (Psychology).
3. Visualization. I. Philips, Osborne. II. Title.

BF637.S8 D37318 2002
131—dc21

2001050519

Llewellyn Español
Una división de Llewellyn Worldwide, Ltd.
P.O. Box 64383, Dept. 1-56718-204-6
St. Paul, MN 55164-0383, U.S.A.
www.llewellynespanol.com

Impreso en los Estados Unidos de América.

Contenido

3 Usted tiene un gran futuro   45

Organización de sus prácticas de visualización. Obtener la máxima ayuda de los niveles subracionales del psiquis pero sin dejarlos tomar control. El yo superior, debe controlar y dirigir la mente racional. La necesidad de reconocer que somos parte integral del universo. Planee su futuro, y disfrútelo.

4 El flujo de sostenimiento de la vida   55

La verdadera fuente de la abundancia necesita ser entendida para obtener éxito en la visualización creativa. Los cuatro niveles de la existencia humana y del universo externo: divino, mental, astral, material. Interacción de los niveles. Creación de un canal para el poder divino. Transitoriedad de los cambios causados sólo por medios astrales. ¡No inhiba su invocación a los poderes superiores por sentimientos ocultos de culpa! La ética de la visualización creativa. Enseñanzas del Nuevo Testamento. El significado del dinero. El yo superior. Mantenimiento del poder y su alimentación con él.

5 Abundancia espiritual   77

Trabaje con su única fuente de suministro espiritual, no con las posibles fuentes materiales. El objetivo que visualiza es suyo: astral, mental y espiritualmente. La realización material está por llegar. Por qué se le advierte de no visualizar una fuente de suministro material. Otros errores que debe evitar. Constantemente recuerde la existencia de su fuente de suministro espiritual. Las canciones dispersan el temor.

"Nada tiene éxito como el éxito". No intente explicar su secreto: sólo manifieste lo que hace por usted. La imaginación de otras personas le ayudarán a tener más éxitos mientras ellas pueden identificarse con usted. La Técnica de Alimentación y el Método Maestro: su uso en la visualización creativa para ayudarse a sí mismo y a los demás. Trabajo de la "adivinación en orden inverso" con la Técnica de Alimentación.

Las técnicas menores de la visualización creativa son un menos seguras que el Método Maestro porque son incompletas, pero siguen siendo muy poderosas. Su valor especial mientras todavía necesite práctica en el trabajo de base. Los beneficios de la Técnica Estrella incluyen traer oportunidades. La Técnica Estrella y cómo usarla. ¿Qué sucede si ya tiene algo de lo que necesita pero es en cierta forma inadecuado? El "secreto" examinado. La Técnica de Multiplicación.

La visualización creativa para objetivos que no puede simplemente visualizar. Construya para háberes exteriores y desarrollo interior en medida balanceada. Valores especiales de relajación creativa. Programa para romper un hábito: cómo dejar de fumar. La visualización creativa para mejorar la memoria: discursos, hechos. Memorización de palabras vs. memorización de significados. Distracción general. Cumpleaños familiares: la astrología elemental puede volver "palabras" en "significados".

Apéndice A: Terminación de un proceso de visualización creativa

Cuando se ha logrado un objetivo en la visualización creativa y la mente consciente decide por el siguiente objetivo, la naturaleza emocional instintual seguirá su iniciativa. Por qué esto no puede ser siempre así. Técnica para terminar efectivamente un proceso de visualización creativa si es necesario. Uso de esta técnica para detener la visualización de una imagen creada involuntariamente.

Apéndice B: Qué hacer para que los demás vean su visión

Usted necesita ayudar a otras personas a ver su visión y actuar sobre ella. Los profesores, predicadores, abogados, conferencistas y para quienes esta habilidad es vital, deben comenzar por volverse positivos y dinámicos como sea posible, con la relajación creativa. No se interponga en el camino de la imagen que quiere crear. Las personas cierran las puertas de su mente racional; pero no pueden cerrar las puertas de su naturaleza emocional instintual. La manera de ganar una audición imparcial. La ética de la persuasión. Cómo se destruye la persuasión no ética. Qué visualizar y cómo hablar de ello.

Apéndice C: La lámpara brillante del conocimiento

Textos de sabiduría para ayudar a su aprendizaje y motivación de la visualización creativa.

Apéndice D: La visualización creativa en la oración y la adoración 173

La visualización creativa llega más fácilmente a los seguidores de una religión con imágenes establecidas. Cómo desarrollar su oración personal y rituales de adoración. La relación entre imagen y espíritu. La configuración de su altar. Los pasos para el desarrollo del ritual de oración. Uso de un ser intermediario. Mantenimiento de su enfoque en una deidad particular.

Apéndice E: Mantenimiento de la buena salud 181

Usted puede usar la visualización creativa para ayudarle a mantener buena salud. La visualización creativa y el control de peso. La visualización creativa puede ayudarle a lograr el sueño profundo y tranquilo. La mente profunda es un poderoso instrumento que necesita ser controlado por la mente directiva y racional. Respirar correctamente es esencial.

Introducción

Visualización creativa ¿Qué es? Antes de contestar la pregunta, permítame asegurarle que no es difícil de hacer (en efecto todos lo hacen, pero la mayoría de la gente lo hace "negativamente" con resultados adversos). La parte difícil fue hecha hace mucho tiempo —al desarrollar esé sorprendente, complejo y poderoso ser al que llamamos humano—.

Siempre hablamos del "uso eficiente de los recursos naturales", pero escasamente explotamos el potencial de nuestro propio yo —somos el recurso más subutilizado que se pueda imaginar—Tenemos esta maravillosa computadora que llamamos cerebro; y aún más poseemos conciencia. Somos parte orgánica del universo infinito. Tenemos tanta capacidad que en realidad no es correcto decir que "usamos sólo el 10% de nuestro potencial". La verdad es que ni siquiera utilizamos ese porcentaje... Tal vez 10% sería el estándar para la persona exitosa promedio en el mundo de hoy, pero la gran mayoría usa mucho menos de eso. Por eso es que la gran mayoría no son exitosos.

¿Qué queremos decir con "éxito"? No sólo ser rico, o tener todo lo que pueda desear. Es vivir una vida plena y significativa en la cual logramos realmente lo que pretendemos hacer —en ser saludable, feliz, seguro; en nuestro matrimonio, nuestras finanzas, o educación; al pintar un cuadro o construir un puente, en el alto desempeño en el trabajo y con conseguir el que queremos—; al llegar a ser la persona que queremos ser.

¿Qué es la visualización creativa? La llamamos "poder de éxito". Significa tener idea, o una imagen de lo que queremos crear: reconocer que para satisfacer nuestras metas (no importa las que puedan ser) tenemos que imaginar nuestra presente realidad transformada en algo que queremos, y luego lograr esa transformación.

También podemos decir que la visualización creativa es la que pone de relieve al ser humano con respecto a las otras formas de vida para quienes el éxito es mayormente

supervivencia. También, podemos manejar individualmente nuestro propio destino, aceptándolo como res-
ponsabilidad personal. Vivir de la asistencia social nunca
lo hará rico, ni seguro; robar podría darle dinero, durante
un tiempo, pero lo deja con problemas incrementados
para las necesidades del siguiente día —de igual forma
que comer el maíz de siembra podría llenar su estómago
hoy, pero lo deja sin el medio de plantar para la cosecha
de la siguiente estación—.

Pero hay más para el éxito que la supervivencia. Tenemos muchas metas —mayormente medidas— ya sea en
términos económicos o espirituales, debido a que estamos sobre el nivel de supervivencia. Podemos desear
"cosas"; queremos ser hermosos y atractivos, respetados y
admirados; quizás deseamos posición social, reconoci-
miento, o seguridad; buscamos un amante, compañero,
hijos, amigos; buscamos conocimiento, habilidad y facultades. Y podemos arreglar nuestras metas en una serie de
pasos como una escalera, de menor a mayor. Cada paso es
la base para el siguiente. Podemos hacer un plan, o un
mapa, para ir de un nivel de logro al siguiente. Eso es sensato y en verdad debe aprender a examinar sus metas y
hacer tal plan.

Pero hay más para el éxito que lograr un objetivo después de otro. Existe lo que algunas veces ha sido llamado
"el factor suerte": la habilidad de atraer las oportunidades

para contribuir al éxito. El deseo es una forma de energía, una "electricidad emocional", podríamos decir. Y cuando provee de electricidad a algo siempre se crea un campo magnético. Pero esto puede funcionar de dos formas.

Un antiguo presidente americano, Franklin D. Roosvelt, dijo una vez: "lo único que tenemos que temer es al temor mismo". El temor atrae aquellas mismas cosas que no queremos. El temor es una emoción muy poderosa, y esa energía, unida con una imagen de lo temido, crea esas circunstancias para que suceda lo que se teme.

Un ejemplo simple: usted puede caminar fácilmente encima de un tablón plano de madera colocado sobre el suelo; pero coloque ese mismo tablón entre dos escaleras de peldaños, y su imagen de caer se vuelve tan poderosa que posiblemente caerá. (Bajo hipnosis, donde la imagen de caer es remplazada con una "ilusión" de que el tablón todavía está sobre el suelo, usted muy probablemente tendrá éxito).

Sin embargo, el factor suerte es más que "crear ilusiones", como se contrasta con las técnicas para lograr exitosamente metas específicas que serán enseñadas en este libro. Es la dinámica positiva general identificada comúnmente como "confianza en sí mismo", "equilibrio", "ganar", etc. Incluye la "imagen del yo positivo" en la cual se ve a sí mismo como la clase de persona que quiere ser, viviendo la vida que quiere vivir, saludable, rico, feliz, exitoso, hermoso, rodeado de amigos y oportunidades. La oportunidad no golpea sólo una vez. Una persona exitosa atrae oportunidades y éstas son el campo en el cual plantar, nutrir y cosechar las metas específicas que se tienen. Y, sorprendentemente, un poderoso factor de suerte a menudo parece repeler las oportunidades de daños o fracasos. Es un aura o "fuerza de campo" dentro del cual se crea un ambiente especial.

Qué hace la diferencia entre el éxito de una persona y el fracaso de otra persona. Hay fracasos bien formados —de manera que no es sólo cuestión de formación—. Hay fracasos de "buenas familias" así como de "malas" y éxitos provenientes "de medios ilícitos" como lícitos —de tal forma que no es sólo cuestión de "contactos" o "clase"—. Hay personas que fracasan en cualquier cosa que hacen, no importa cuánto puedan ser ayudadas por el gobierno, ni cuántas veces hayan abierto sus puertas al llamado de la oportunidad.

Y hay personas que finalmente ascienden al éxito, venciendo obstáculos y desventajas, aun cuando hayan fallado antes. Y hay personas que son exitosas en todo lo que hacen, quienes nunca han sufrido un fracaso de ninguna clase. Y algunas veces la magnitud de su éxito es tan grande, o la "suerte" que los rodea tan sorprendente, que creemos que están benditos. Estas son personas que "creen en ellas mismas" y en lo que están haciendo; su visión a menudo es tan grande que abarca una nación, un pueblo, un mundo.

No importa en que otra forma se manifieste, la esencia del poder del éxito está en las técnicas de visualización creativa enseñadas en este libro. Reconociendo que todos tenemos mayor capacidad de la que exhibimos, diremos que la visualización creativa es una técnica para movilizar nuestros recursos interiores para el éxito. Dentro de cada uno de nosotros existe un gran computador escasamente operando; y hay un "programador" que puede poner a trabajar esta tremenda capacidad para lograr lo que queramos. La visualización creativa es una forma de dar instrucciones al programador.

Pensamos en términos de tres dimensiones, algunas veces hablamos en términos de cuatro —pero en realidad vivimos en un universo de muchas dimensiones, y es de alguna de estas otras dimensiones que podemos atraer las oportunidades de éxito—. La visualización creativa es un método para abrir canales desde estas dimensiones a fin de traernos la riqueza del universo.

Este libro hace más que decirle acerca de cosas maravillosas... hace más que decirle que la riqueza y la felicidad pueden ser suyas si sólo quiere "creer" o si quiere "pensar positivamente". Con una serie de ejercicios de fácil seguimiento, su mente estará programada para llevar sus deseos a una feliz realización. ¡Podrá cambiar su vida!

La visualización creativa pone el universo a trabajar para usted. Y, usar las técnicas de visualización creativa lo coloca en una relación positiva con la dinámica del universo. Cada acto creativo lo lleva a mayor armonía con la "fuerza" detrás de todo lo que existe.

¡Que la fuerza esté con usted!

—Carl Llewellyn Weschcke
Editorial LLewellyn

Controle y dirija su propio destino

Puntos de estudio

1. La visualización creativa es un poder natural que todos poseemos.

   a. Usada con conocimiento y conciencia puede transformar su vida.

   b. La mayoría de nosotros la usamos todo el tiempo pero debido a que no lo hacemos consciente, efectiva y beneficiosamente, a menudo es más destructiva que constructiva. . . creando "mala suerte" en lugar de "buena suerte".

2. La mayor parte del poder de mente creativa es desperdiciado debido a conflictos interiores —deseos o instintos sin resolver e incluso temores desconocidos— que nos privan del éxito.

3. Para liberar este poder natural a fin de satisfacer sus deseos, debe juntar todas las facultades, los sentidos, el cerebro mismo, en un "campo unificado", eliminando todas las barreras "interiores" para la realización de sus metas. La unidad requiere un método que:

   a. Sea controlado por su mente racional.

   b. Esté en concordancia con sus emociones.

   c. Sea aceptado por sus instintos.

   d. Listo a recibir ayuda de sus sentidos físicos. (Piense en la fórmula MISE —Mente Racional, Instintos, Sentidos Físicos, Emociones—. Debe crear las condiciones que permitan que sus metas maduren).

4. El primer requerimiento es como "un ensueño" y es usado para despertar la naturaleza emocional:

   a. Imaginar la meta deseada.

   b. Aumentar la meta imaginada por medio de una acción física real o una imaginada, uniendo de esta forma a los mundos interiores y exteriores.

5. Esta actividad de "ensueño" es acrecentada por:

   a. El silencio —no disipe las energías interiores hablando de su trabajo interior—.

   b. La visualización de cosas en relación con su meta —viendo las cosas como serán—.

   c. La sensación de la satisfacción emocional que será suya —disfrútela ahora—.

• • •

La gente camina, habla, espera con paciencia en un terminal aéreo, o tal vez actualizan las noticias familiares en una reunión. Un hombre de edad dice: "¿Bert? Oh, sí, le va bien; él siempre sabe lo que quiere. Sigue los pasos de su padre, muy bien —se parece más al viejo todos los días—".

Una joven le cuenta a sus amigos, "por supuesto estoy emocionada, es fuera de este mundo ¿pero saben, podría tan sólo verme en esa parte? Me dije desde el principio, 'esa soy yo, esa soy yo', ¡tenía que resultar!".

Otro hombre dice, "todo está bien por ahora, pero tengo los dedos cruzados. La familia está bien, yo estoy bien, el trabajo va bien —pero usted conoce mi suerte—. Escúcheme bien, sólo espero a ver qué sale mal".

No hay nada extraño en las historias contadas por estas personas, pero también revelan un factor muy interesante. Consciente o inconscientemente, útil o destructivamente, mucha gente —en efecto, la mayoría de la gente— desarrolla la visualización creativa todo el tiempo.

Este libro le dirá, en detalle, cómo desarrollar la visualización creativa. Además, le enseñará cómo ejecutarla consciente, efectiva y beneficiosamente para enriquecer su vida y alcanzar sus objetivos personales.

Aquí aprenderá un método directo y valioso para hacer algo que es natural entre sus habilidades humanas. Controlado y dirigido por su mente consciente puede darle un poder progresivo e inmenso para controlar y dirigir su destino personal.

También aprenderá cómo evitar desarrollar la visualización creativa, por ejemplo cuando ha obtenido un suficiente suministro de algo que necesitaba, o cuando tiene que pensar en algo que teme.

La visualización creativa es la técnica más poderosa y sencilla de satisfacción propia en todo el campo de las capacidades humanas. Su ámbito fluctúa desde el simple deseo del habitante de las cavernas por su alimento, al sublime anhelo del místico oriental por estar libre de todo deseo. En estos dos casos y en cada instancia, la respuesta es la misma: conocer —ver— que lo que busca ya es suyo, y ya le pertenece.

Han habido casos —en muchos niveles diferentes de necesidad— donde la realización de esa verdad es al mismo tiempo total y completa, y no es necesario llevar a cabo más trabajo. Sin embargo, para la mayoría de la gente, se requiere algo más para ocasionar la satisfacción deseada. Esto no es debido al "destino" o por algún decreto en el universo objetivo; es simplemente porque somos criaturas muy complejas. El intelecto, las emociones, los niveles de inconsciencia de la psiquis, el sistema nervioso corporal, pueden todos halar en direcciones diferentes. A pesar de esta desunión, la mayoría de nosotros nos sentimos seguros que queremos esto o aquello, necesitamos esto o eso, algo material o algo no material. Lo necesario es llevar todas las facultades de la psiquis, más los sentidos corporales y el cerebro físico, en armonía para que se logre la meta.

Puede tomar algún tiempo hacer esto —y en proceso puede haber alguna inercia o incluso alguna oposición por vencer en el mundo exterior, pero de todos modos vencerá. Las gotas de agua desgastarán la roca. Delicados retoños levantarán un pesado pavimento. Lo que está sin propósito debe ceder a lo que tiene un propósito viviente e impulsor.

¿Cómo idear un método que será controlado por su mente racional, es apreciado por sus emociones, es aceptado por sus instinto y logrará la ayuda de sus sentidos?

Hay varios métodos semejantes, ya que los sentidos físicos pueden ser introducidos por medio de sonidos (palabras), o por acción corporal, por ejemplo, los cuales serán introducidos más tarde en este libro. Sin embargo, el primer y principal medio de "lograr la ayuda de los sentidos físicos" tiene que ver con el sentido de la vista.

Es por medio de la vista que las personas han avanzado principalmente en estas técnicas para obtener lo que necesitan, aunque usual —y sabiamente— esto ha sido reforzado por otra acción a nivel material. (Después de todo, es en el nivel material en donde necesita que sus deseos sean realizados, ya que usted está viviendo en este mundo material aquí y ahora. Aun si una persona no tuviera necesidad de desear nada, salvo "ir al cielo cuando muera", él está en este mundo deseándolo, y en efecto todas las religiones están de acuerdo que asuntos de esta clase tienen que ser determinados mientras uno esté viviendo en este mundo).

Volvamos, entonces, a considerar nuestros dos ejemplos extremos: nuestro místico oriental que sólo desea no desear nada, y nuestro hombre de las cavernas que desea para él y su familia carne para la próxima comida. Ya que hay tanta diferencia en lo que quieren ¿hay una gran diferencia en sus formas de llevarla a cabo?

¡En absoluto! Ambos son seres humanos, decididos a la satisfacción (a niveles diferentes y en diferentes circunstancias) de su naturaleza humana. Por supuesto que los detalles difieren, pero los métodos básicos son los mismos. El místico oriental tiene su Buddha-rupa, o algo similar: una imagen o símbolo del ideal que está persiguiendo. El místico medita ante esto, usando su vista para imprimir el símbolo en sus células cerebrales y en su mente; si hay una imagen (como un Buddha-rupa) él se sentará con una postura similar a la de esa imagen. Sabemos que usa ciertos cantos, "mantrams", para guiar su mente de la misma forma por medio del sentido del oído.

Nuestro hombre de las cavernas, por otra parte, dibujó imágenes de animales con gran habilidad y exactitud los cuales deseaba cazar. Tal vez algunos de éstos sólo fueron simplemente observados. La evidencia muestra que lanzas —verdaderas lanzas, lanzas modelo, o en algunos casos sólo las pinturas de las lanzas— fueron arrojadas, o fueron añadidas a las imágenes como si hubieran sido arrojadas, de manera que la apropiada acción física fue llevada al procedimiento. Si el hombre de las cavernas cantaba y producía sonidos adecuados, naturalmente no lo podemos decir por la evidencia; pero por comparación con las acciones de alguna gente en África y otras regiones de hoy día es muy probable. Están también las pinturas ruprestes de Francia; una figura de mago muy famosa, única y preciosa, que usa una máscara de animal y que parece bailar; allí también tenemos imitación física y acciones especiales, ahora solamente desarrollado por un individuo, probablemente para beneficio de toda una comunidad.

¿Por qué han sido empleadas estas acciones creativas —la imagen, la acción, el canto— por personas en diferentes tierras, de diferentes culturas, y para propósitos ampliamente diferentes, una y otra vez durante miles de años? Porque funcionan, traen el resultado deseado, alineando cada nivel del individuo con el deseo de tal manera que no hay barrera para su realización. Y cuando no hay barrera a lo que queremos, nos encontramos con ella tan de seguro como el imán atrae el hierro.

Eso es cierto ya sea que lo que queramos sea un poder interior, o una habilidad, o un objeto material, o una información, o una persona para que nos ayude en una empresa o para que nos acompañe en la vida; o todas estas cosas en momentos diferentes.

Una imaginación vívida, la habilidad de "soñar despierto", puede y con certeza debería ser convertida en una buena historia; pero un temperamento con estas características es de ningún modo necesario para el éxito, y no es en sí garantía de efectiva visualización creativa. El "conocimiento" es esencial. Alguna gente lo tiene naturalmente, o llegan a él intuitivamente: y si no encontramos, o aprendemos los medios de unir los niveles interior y exterior en lo que estamos tratando de hacer, la imaginación más vívida nos beneficiará de cualquier forma.

Thomas Chatterton, quien vivió en Inglaterra en el siglo XVIII, tuvo desde su niñez una mente aguda, con una abundante imaginación. Él creó para sí un mundo de sueño de caracteres históricos e imaginarios y con relación a esto produjo un volumen de hermosa y admirable poesía. Él empezó a contribuir con poesía en prosa para varias revistas, y cuando tenía diecisiete años dejó su hogar en Bristol para dirigirse a Londres. Horacie Walpole, un notable político y escritor, dijo de él posteriormente, "No creo que alguna vez haya existido un genio tan magistral". A parte de su estilo de poesía "del viejo mundo", llegó a conocerse como un satírico perceptivo y mordaz sobre los asuntos corrientes de su propio tiempo. Aunque el hecho verdadero es que no podía, ya fuera por medio de las letras o cara a cara, cubrir incluso las mínimas necesidades de la vida. Chatterton

murió padeciendo hambre, antes de que tuviera diecio-
cho años, y el mundo literario quedó escandalizado. Sin
duda esta tragedia puede ser atribuida a varias causas del
mundo exterior:

El pago de una parte de su trabajo fue demorado después de su publicación, otra parte fue retenida para que
se publicara más tarde, un poema fue rechazado a causa
de su peculiar lenguaje antiguo de imitación. Ninguno
de estos infortunios fueron en sí muy raros, o muy gra-
ves; pero para Chatterton todo sucedió a la vez, y persis-
tentemente, y le faltaron los recursos para sobreponerse
a la situación.

Sin embargo, mirando las causas interiores de las cosas,
podemos ver que por las fantasías pseudo-históricas de su
escritura poética, así como por el brillo satírico de su
prosa, Chatterton había empleado su gran imaginación,
para no unirse con el mundo a su alrededor, sino para
separarlo de él. Sus modelos y héroes escogidos tenían una
sólida familia detrás de ellos o eran hombres a quienes la
escritura era sólo un trabajo secundario, así que podían
darse el lujo de estar solos con sus ideas. Esto no significa
que usted debe evitar la originalidad, o poner de lado sus
convicciones. Significa que debe mantener su imaginación
unida a la realidad: la realidad espiritual, la realidad racional, la realidad emocional, la realidad material.

También significa que debe planear el balance en lo
que decide visualizar; y volveremos sobre ello más tarde.

Visualice de una manera consciente y controlada, y está construyendo para el éxito.

Como con otras clases de práctica con sus facultades interiores, es importante mantenerlas en un nivel personal. A parte del detrimento que podría ocurrir con su trabajo interior debido a comentarios ajenos, especialmente en las etapas tempranas de su desarrollo, o incluso por las cosas que piensan —usted está trabajando mayormente por pensamiento, ¿no es verdad?— hay el peligro de difundir su propia actividad por el solo hecho de hablar de ello.

Si está emocionado, perplejo o molesto por algo, la forma más rápida para tranquilizar la mente es hablar de ello. Esto puede o no ayudar a la larga, dependiendo en gran parte del carácter de la persona a la cual le habla, pero al menos por el momento disipará su patrón de pensamiento y emoción. Así que tenga cuidado con las imágenes y pensamientos de la visualización creativa los cuales usted no quiere que se disipen. Protéjalos del contacto externo como protegería una planta muy especial.

Por otro lado, es sólo la acción interior lo que necesita ser ocultada; el trabajo exterior puede ser claro para que todos lo vean. Si la gente piensa en ello, puede pensar que entendió toda la operación. ¿Qué importa eso, mientras se logre honrosamente el resultado deseado?

Como ejemplo: un joven estaba trabajando en un almacén de maquinaria, ajustando pequeñas partes del motor en los molinos, fresadoras y otras máquinas. Su ambición inmediata era encargarse de los grandes tornos de cabrestante, un trabajo que llevaba más prestigio así como más dinero del que él se estaba ganando, y que era codiciado por un número de otros jóvenes además de él.

Sin embargo, el joven no estaba contento sólo con desear. Su madre sabía algo del trabajo de la mente, y aunque hasta aquí había prestado poca atención a sus sugerencias sobre el tema, él recordó algo valioso en este momento. Observó a hombres expertos trabajar en los cabrestantes, notando incluso su posición y los movimientos que ejecutaban; e incluso en los descansos para almorzar miraba rápidamente a las máquinas, la forma en que estaban armadas, sus cizallas y el trabajo que hacían. Pero esto no fue todo.

Tuvo mucho cuidado de continuar haciendo su trabajo eficientemente, pero en cada momento de descanso (esta era la parte secreta de su operación) cerraba los ojos durante unos momentos y se imaginaba trabajando en uno de los cabrestantes, experimentando confiadamente los movimientos que había visto, moviendo, girando coordinada rápida y hábilmente las ruedas y las palancas que controlaban a la pesada máquina. Veía las cabezas de los pistones brillantes y perfectamente formadas y otras partes que venían de debajo de la cortadora.

Después de unas pocas semanas surgió la posibilidad para que alguien fuera colocado temporalmente en los cabrestantes: una oportunidad de aprender y llegar a ser reconocido como un futuro operador de cabrestantes. Nuestro joven se ofreció y aseguró el trabajo. Más tarde el capataz le dijo, "lo que realmente decidió fue su confianza al tomar los controles. Le irá bien, y realmente no me sorprende, lo he visto muchas veces observando los viejos cabrestantes".

Este ejemplo es más complejo. Una chica quería vivir en un país distante, pero no podía ver posibilidad alguna de llegar allí. Como significaba mucho para ella, estudió el idioma y empezó la visualización creativa, con la técnica "Estrella" (dada en el capítulo 7). Luego se le ofreció unas vacaciones en otro país, mucho más cerca de casa que el que ella deseaba. Lo aceptó: fue un comienzo.

En esas vacaciones intercambió direcciones con varias personas. La mayoría de estas relaciones se diluyeron; sin embargo ella continuó con su práctica "Estrella" y al año siguiente, inexplicablemente, uno de estos contactos, una mujer mayor, volvió a escribir. Ella había heredado algún dinero y quería viajar, pero no se atrevía a ir sola. Sin embargo, recordando cuánto nuestra amiga disfrutaba viajar, se aventuró a invitarla.

Así que se puso en camino; pero los sucesos tomaron otro giro. Un brote de hostilidades obligó a la mujer mayor a acortar sus planes. Ella volvió a casa, pero la chica no; ella se quedó, haciendo trabajo social, en la tierra de sus sueños. Si su deseo se hubiera cumplido el año anterior, no hubiera tenido forma de quedarse allí.

Con la visualización se pueden asociar muchas cosas en conexión con ella. No debe visualizar únicamente su objetivo: tanto más clara la idea de lo que está haciendo, tanto mejor podrá hacerla. El siguiente experimento le mostrará algo útil:

Trate ahora de visualizar, o al menos de tener en su mente, algún monumento de importancia: uno que usted ve muy a menudo, o uno que conozca por fotos. Podría ser su ayuntamiento, o el Tag Mahal, o la Torre Inclinada de Pisa, o tal vez una montaña. Debe ser algo cuyo perfil general pueda pensar fácilmente, aun si en esta etapa no puede "verlo" mentalmente. (Si quiere refrescar su memoria antes de tratar, a menudo es más clara una imagen para este propósito que el objeto real). Cierre sus ojos y "véalo" tan claramente como pueda; si en la presente etapa no puede lograrlo, probablemente todavía podrá "trabajar en el bosquejo" mentalmente. De una u otra forma, hágala de tal manera que parezca ser del tamaño de una caja de fósforos.

Cuando tenga el bosquejo tan firme como pueda hacerlo, o al menos una "sensación" clara del objeto que está visualmente presente, puede parecer que está enfrente de sus ojos o puede parecer que está flotando en alguna parte dentro de su cabeza. No importa dónde parezca estar en esta etapa. Siga conservando sus ojos cerrados, levante un dedo y, llevándolo hacia usted, trate de tocar en medio de su imagen mental. Hágalo de tal manera que estuviera viendo su imagen a través de un pequeño visor de luz de día, la punta del dedo haría una mancha oscura en la mitad de la escena.

Usted siente que la punta de su dedo hace contacto con su frente —¿dónde?—. Muy probablemente está en el área justo encima y entre sus cejas.

Repita el experimento, tenga en cuenta la posición y presione la punta de su dedo allí bastante fuerte durante unos treinta segundos, de manera que todavía esté consciente de ese lugar exacto después que haya quitado su dedo.

Ahora acaba de hacer un importante descubrimiento. Cuando practica la visualización de las formas que encontrará en este libro, verá que es mucho más fácil, más convincente para usted y más efectivo, si sabe desde el comienzo dónde está "poniendo" la imagen. Repita este experimento, con la presión del dedo, de vez en cuando. Digamos dos veces al día durante una semana, luego una vez al día durante otra semana, luego cuando tenga ganas de hacerlo. Esto no tiene la intención de ser un "ejercicio" pesado: es tan sólo una práctica informal y fácil que ayudará mucho con su visualización.

Preste atención a otra gente: cuántas veces, cuando están tratando de recordar algo, o de hacer un cálculo mental, o de tratar con algo que puede necesitar ser visualizado, los dedos van naturalmente a esa región de la frente.

Es cierto que la habilidad de visualizar no es la misma en todos. No es siempre la misma aun en una persona en diferentes etapas, o en diferentes estados de salud. Mucha gente que, cuando jóvenes, están dotados de una facultad de visualización muy fuerte, encuentran que esta facultad aumenta o disminuye cuando envejecen. Las mujeres a menudo parecen conservar esta facultad mejor que los hombres, y aquellos cuya ocupación no tiene que ver principalmente con las palabras o figuras (cirujanos, granjeros, conductores de camión, atletas y artistas) parecen conservarla mejor que aquellos cuyo trabajo los lleva a tomar una visión de la vida más abstracta, tales como los contadores y programadores de computadora.

En medio de estas dos clasificaciones de hombres hay otra, la cual es un área de peligro real en lo que se refiere a la visualización: el lado teórico de su trabajo, el papeleo, tiende a privarlos de esta facultad, inclusive necesitan vitalmente la visualización —la visualización creativa— para ganar éxito en sus vocaciones particulares. En esta categoría tenemos nuevamente una amplia diversidad: abogados, clérigos, profesores, vendedores, quienes necesitan comunicarse con los demás de una forma especial.

Este libro está planeado para hacer la visualización creativa accesible a todos: las necesidades particulares de la
gente con este tipo de dificultad serán tomadas en
cuenta, así como las necesidades de otros grupos. Sin
embargo, el plan general es para todos igualmente.

Alguna gente parece incapaz de visualizar con claridad;
otros parecen incapaces de controlar lo que visualizan, o
de producir imágenes mentales. Estas dificultades pueden
ser debidas en algunos casos a causas físicas (por ejemplo,
glandulares), o a una clase fija de temperamento; en otras
circunstancias son debidos solamente a hábitos de la
mente que son dañinos a la personalidad en conjunto.
Estos pueden, y deberían, ser cambiados.

Los hábitos de la mente no son como los hábitos físicos, que pueden ser de una forma u otra adictivos. Los
hábitos de la mente son dependientes enteramente de la
naturaleza emocional, y cambiarán precisamente tan
pronto como la naturaleza emocional no los apoye sino,
por el contrario, se mueva en una dirección diferente.

La naturaleza emocional se moverá en una dirección
diferente, tan pronto como prefiera un objeto de deseo
contrario. Pero ella —la naturaleza emocional— debe pre-
ferir el objeto nuevo. No es suficiente que la mente racional prefiera un objeto nuevo. No es suficiente si el objeto
nuevo es preferible por una ley espiritual. La naturaleza

espiritual debe preferirlo, verlo como su propio bien inmediato y muy deseable. Luego moverá cada obstáculo material y no-material para ganar ese objeto, ese bien.

Esto no es sólo cierto para unos cuantos; es la básica naturaleza humana. Puede ser una gran debilidad (porque en efecto la mente racional no puede retenernos por mucho tiempo en aquello que la naturaleza emocional no quiere) pero también puede ser nuestra principal fuerza, cuando hacemos trabajar a la naturaleza emocional para nosotros.

La naturaleza emocional, en efecto, es similar a un niño pequeño que puede tomar un cuchillo afilado o algún otro objeto peligroso, sin entender el peligro, pero sólo porque el objeto es brillante y lustroso. ¿Qué debe hacer usted en tal caso? No tratar de quitarle el cuchillo a la fuerza; eso podría llevar a toda clase de problemas. Usualmente lo mejor que puede hacer es tomar la mano del niño, y luego ofrecer a la mano que sostiene el cuchillo algo aún más atractivo, un juguete coloreado por ejemplo, o algún alimento agradable. Si el objeto nuevo es bien escogido y presentado en la forma adecuada, el cuchillo pronto perderá interés.

No importa qué tan maduros podamos ser, ¡en cada uno de nosotros se oculta una naturaleza emocional juvenil! Podemos no estar ya interesados en cuchillos o juguetes, pero cuando los objetos adecuados son presentados, se aplican los mismos principios. Para tener éxito en la visualización simple (un preliminar necesario para la creativa) son necesarias principalmente tres cualidades: resolución, concentración y paciencia.

Estas son muy a menudo las cualidades que las personas estipulan que "fallan" a medida que envejecen, aunque esta es usualmente una idea equivocada. Hay (desafortunadamente) mucha gente recién salida del colegio que ya está mostrando marcadamente menos de estas mismas cualidades de las que tenían, mientras que hay también otra gente en sus ochentas sin problemas de esa clase. (Efectivamente, la elasticidad de la mente es una de las mejores recetas para una vida larga y feliz la cual la raza humana todavía no ha descubierto).

Usualmente los "decadentes poderes mentales" de los cuales se queja la gente no son más o menos que una desgana inconsciente de poner tanto esfuerzo en el cultivo de esas facultades, como lo hubieran sido durante la niñez. Hay un sentimiento oculto de que ciertos esfuerzos se han hecho, una vez y para toda la vida, como aprender, adquirir habilidades, imprimir en el cerebro un número de técnicas conectadas con la vida diaria. Sin embargo, cuando una vez la naturaleza emocional comprende verdaderamente el propósito servidor, inspirador y dador de vida de la nueva empresa, el "interés vital y gran ventaja" de ganar o reganar estas habilidades mentales básicas, entonces desaparecerán las objeciones inconscientes, la timidez y la inercia.

Piense en lo que más desea en el mundo. Con el poder de visualizar y dirigido correctamente, eso puede ser suyo.

Si tiene dificultades ahora en la visualización, además de la práctica de tocarse la frente que se le ha dado, piense mucho en lo que quiere en la vida. No importa si puede ver alguna forma posible de obtener sus objetivos o no. Ya sean cosas materiales o no–materiales, reflexione en ellas: imagínelas con lo mejor de su habilidad, pero sobre todo sienta en la imaginación la sensación de poseerlas, de hacer lo que desea hacer con ellas. Si es un auto lo que quiere, imagine que lo conduce; imagine, tan claramente como pueda, los placeres y ventajas de la clase de auto que quiere. Si es una persona, piense en lo que le diría a tal persona, lo que haría en su compañía. Si es una suma de dinero, piense en qué lo utilizaría.

Todo esto es, en la presente etapa, ensueños puros y simples, pero son ensueños con un propósito. Usted está despertando su naturaleza emocional, incluidos sus niveles inconscientes, hacia un estado conciente de cuánto quiere estas cosas. Lleve tanta sensación, y tanta imagen, a estos ensueños como pueda —esos son lenguajes que los niveles inconscientes de la psiquis entienden—. Si no puede visualizar imágenes en esta etapa, vaya y mire la cosa real, o consiga una imagen que lo represente.

Recuerde a nuestro hombre de las cavernas y a nuestro místico oriental. Pueden tenerse imágenes que representen muy bien cualquier cosa que un ser humano pudiera desear en la imaginación.

¿Tal vez quiera varias cosas y no parece haber ninguna conexión práctica entre ellas? No importa; si los quiere a todos igualmente, deles a todos el mismo tratamiento; ahora no es el momento de tratar de racionalizar sus deseos o de ponerlos en un patrón. Su preocupación aquí es con sus emociones, no con su razón.

Después de un poco de esta práctica —tal vez después de sólo un poco— sentirá que realmente quiere trabajar en esto; quiere en primer lugar llevar sus poderes de visualización al punto en que pueda empezar a usarlos en forma creativa.

Eso está bien, pero no abandone totalmente sus ensueños en ese punto. Los niveles inconscientes de su mente son algo de lo cual usted no está consciente, y todavía puede haber algo de polvo por sacar de las esquinas ocultas. No se preocupe por esto —sólo bárralos de vez en cuando. En otras palabras, reviva sus ensueños—.

Ahora está listo para empezar a visualizar. Comience con una figura geométrica simple, tal como un círculo o un triángulo; pero decídase sobre una forma específica, y no haga nada más hasta que haya tenido éxito con ese.

Resolución – Concentración – Paciencia.

Si su mente se desvía o se le presenta con una imagen diferente, no se enoje; sólo devuélvala y empiece de nuevo. Hay varias formas en las cuales puede ayudarse. Haga esta práctica en el lugar más oscuro que pueda encontrar. Dé un minuto aproximadamente a las imágenes al azar para que se aclaren. Cierre sus ojos. Toque el "punto de visualización" en su frente; luego si gusta puede ahuecar las manos suavemente sobre sus ojos, pero tenga cuidado de no ocasionar presión en los glóbulos de los ojos.

Cuando haya tenido éxito con esta primera figura, manténgala allí; no deje que cambie en algo más hasta que quiera que cambie. Luego decida lo que tendrá después, y hágala cambiar prontamente, digamos de un círculo a un triángulo o a una estrella. Si quiere proceder a formas más complejas que las imágenes en las tarjetas estándar ESP, o un conjunto simplificado de signos del zodíaco le darán la práctica necesaria.

Si tiene problemas con los ojos cerrados, intente otros métodos. Uno de ellos es tener una superficie negra y llana de al menos doce pulgadas cuadradas, y trate de ver la forma visualizada sobre ella, como si estuviera dibujada de blanco. Sus ojos, por supuesto, están abiertos. Otro método que ayuda a alguna gente es mirar una escena ordinaria a plena luz del día —la vista desde su ventana, o incluso desde un salón lleno de muebles— y de pronto "ver" su estrella o círculo o lo que sea, contra ese fondo. Tal imagen a menudo dura un momento, pero puede con gran efectividad hacerlo que se dé cuenta de la verdadera "interioridad" de la visualización. La visualización no es un truco óptico. Tan pronto como haya hecho esto, ya sea que "tape" sus ojos o mire su superficie negra, debe poder repetirlo.

La visualización es algo que usted hace con su mente, no algo que hace con sus ojos.

Recuerde que su "punto de visualización" está entre y sobre sus ojos físicos no al nivel igual que ellos. La visualización, como otras destrezas, involucra una "habilidad" la cual es adquirida con práctica persistente pero no es fácil de poner en palabras. Mientras esté todavía tratando de lograrlo, tenga en mente que la imagen que visualiza estará allá porque usted la puso ahí; no aparecerá espontáneamente, como un fantasma. Antes de que tenga éxito, practicará mejor al recordar que no es hecha por la vista física, y tampoco por el uso de los ojos; después, visualizará muy fácil y naturalmente, de igual forma que si estuviera en efecto usando sus ojos físicos.

Se le dará más ayuda en el siguiente capítulo: consejos que no sólo tienen la intención de ayudarle mientras aprende, sino de hacer mejor organizadas, más agradables, y por estas razones más efectivas constantemente a todas sus subsecuentes aventuras en la visualización.

• • •

Punto de control

• Encuentre el punto central de la frente donde vaya a formarse su imagen visualizada.

• Practique a memorizar y visualizar las formas simples, con sus ojos cerrados, o contra una superficie negra, o brevemente contra un fondo interior o exterior normalmente iluminado.

• Se necesitan tres cualidades para la visualización creativa: resolución, concentración y paciencia.

• Fortalezca sus motivos para la visualización creativa manteniendo sus deseos en un tono emocional alto, y re-viviendo algunas veces sus ensueños.

2

El círculo poderoso

Puntos de estudio

La tensión es el mayor enemigo de la visualización creativa.

1. Como seres humanos, debemos aprender a relajarnos deliberadamente, porque:

   a. Nuestra naturaleza instintiva sólo funciona parcialmente.

   b. Nuestros impulsos y reacciones naturales están inhibidos.

Como resultado, las tensiones se concentran a través de una sucesión de emociones frustradas.

2. La tensión es el preludio natural a una acción determinada, pero cuando esa acción es demorada o inhibida, la tensión se concentra en exceso, y puede ser sólo parcialmente liberada. Tales tensiones acumuladas encierran la energía necesaria para la poderosa acción mental.

3. Un programa de relajación física debe llevar a una integridad total que produzca verdadera armonía del cuerpo y la psiquis con el bienestar en todos los niveles.

4. La relajación creativa trae beneficios positivos a cada parte del cuerpo con escape de tensión y flujo libre de energía. La respiración rítmica puede elevar energía y ser dirigida como sea requerida. La respiración rítmica debe convertirse en un hábito de por vida.

• • •

Hasta ahora se ha establecido la importancia de mantener su motivación emocional en un alto tono para colocar el impulso y determinación necesaria en su trabajo a fin de lograr la visualización creativa.

Una de las cualidades necesarias para el éxito en la visualización creativa es la concentración y la habilidad de mantener la mente enfocada en un sujeto durante suficiente período de tiempo. Un gran enemigo de la concentración es la tensión física y nerviosa.

Es importante que la energía puesta a disposición para sus propósitos de visualización, mientras se mantiene la motivación e impulso deseado, no es derrochada perjudicialmente en tensiones no deseadas de los músculos y del sistema nervioso.

¿Cómo surgen estas tensiones? En el desenfrenado mundo, poco se utiliza una pausa entre la motivación y el acto. El venado atrapa un extraño olor en la brisa, recibe una impresión y su cercanía y huye instantáneamente. El águila que planea en las alturas ve un pequeño movimiento abajo, el ritmo de los fuertes vientos cambia enseguida; la presa está localizada y el gran pájaro se sumerge en la larga zambullida para atraparla. La acción retardada equivale a tensión: la tensión de un gato acechando a un ratón, la tensión de un conejo en un matorral que aguarda el momento de escapar a la seguridad.

Sin embargo, también es cierto que entre los animales, cuando no hay situación de crisis de ninguna clase, no hay tensión. Un gato, por ejemplo, que acecha a su presa es una criatura diferente de un gato que toma el Sol perezosamente sobre una cornisa. Un pez, aunque no pueda cerrar sus ojos, puede descansar en completa tranquilidad en las profundidades de su agua natural; las aletas están perfectamente equilibradas, de manera que en la primera necesidad de encontrar seguridad o alimento, el movimiento hacia adelante o hacia atrás podría ser instantáneo.

Nuestro patrón básico es el mismo. La tensión es el preludio natural a una acción determinada y termina cuando la acción es llevada a cabo; si la tensión no puede ser desarrollada, ésta se desvanece o puede prolongarse.

En algunos deportes, tales como el boxeo y la esgrima, es muy importante poder saber de antemano, si es posible, cuándo el oponente está planeando un movimiento sorpresa: en otras palabras, cuándo él está planeando una acción que "para ser efectiva", debe ser demorada. Así que, ¿qué está buscando? Una señal de tensión. ¿Y dónde buscarla? Donde se muestre cualquier señal de tensión: en el delicado tejido muscular alrededor de los ojos.

El cuerpo lleva a cabo rápidamente, o trata de hacerlo, lo que la mente está planeando. Incluso los diminutos músculos, si se les permite hacerlo, irán a un estado de tensión previo a la acción. Esto es perfectamente natural;

pero también puede ser negativo para la persona en cuestión al revelarse el hecho de que algo se está planeando.

Un jugador de cartas o una bailarina que danza con movimientos intrincados y extenuantes, puede proyectar una imagen externa diferente a la imagen interna que vive en un momento determinado. A partir de esto, podemos ver que no importa lo que esté sucediendo en la mente, la relajación corporal puede ser lograda cuando se está dispuesto a lograrla. Las expresiones del rostro, el cual es una de las áreas del cuerpo más sensible a los estímulos emocionales (ocasiona sonrisas, fruncida del ceño, risa, miradas inquisidoras y otros matices de expresión), también pueden llevarse a cabo con los brazos, piernas, pies, manos y el resto del cuerpo.

Hay dos razones importantes para la relajación deliberada. En primer lugar, a causa del gran desarrollo y uso constante de las facultades de razonamiento, la mayoría de los seres humanos (al menos, los seres humanos civilizados; y hay pocas áreas del mundo en las cuales la gente no ha sido influenciada hasta hoy al menos en algún grado por formas "civilizadas" de vivir y pensar) tienen su naturaleza instintual funcionando sólo en parte.

Además, las condiciones de vida artificiales y el incremento de la población hace cada vez más difícil un estilo de vida de carácter natural. No es "bueno", por ejemplo, mostrar enojo o resentimiento a su familia y sería una gran imprudencia mostrar enojo a los compañeros de trabajo o al jefe; si una persona tiene ganas de huir no hay a dónde correr; sólo en ciertas ocasiones reconocidas es aceptable la alegría o aflicción públicas y estas emociones se supone que deben ser mostradas en formas establecidas. Mucho de esto es inevitable, pero algo puede ser positivo. A diario, emociones e impulsos frustrados no están en posición de encontrar satisfacción en la acción. Así que hay una concentración considerable de tensión sin resolver.

Esto tiende a producir un "círculo vicioso" porque, la tensión sin resolver es enteramente destructiva para estas cualidades de resolución, concentración y paciencia.

Por lo tanto, el primer requisito es aprender a relajarse, y practicar la relajación como parte del estilo de vida diario para ganar éxito moderado en la visualización creativa.

En estas *guías prácticas* de Llewellyn no sólo encontrará técnicas y fórmulas valiosas. También descubrirá partes diferentes de una forma de vida la cual es reconocida por sabios en diferentes culturas.

Aún cuando la práctica de relajación aquí es más valiosa para la visualización creativa, su práctica constante le proporcionará una base bien fundada para el bienestar personal en todos los niveles.

Un famoso yogi respondió así a la pregunta sobre el secreto de su abundante salud y prolongada juventud:

"Contemplo cada parte de mi cuerpo una tras otra, y le deseo su bienestar".

Eso es lo que va a hacer creativamente.

El plan creativo de relajación

Su cuerpo no es sólo un amigo; su cuerpo es toda una multitud de amigos. Algunos de ellos tienen sus idiosincrasias y extrañas formas de ser, pero no tenemos menos afecto por nuestros amigos en ese respecto. Ellos hacen mucho por usted, algunas veces sin necesidad de agradecerles. Ahora puede llegar a conocerlos mejor.

Use ropas sueltas, o permanezca desnudo y descalzo.

Acuéstese sobre su espalda, tan horizontal como le sea posible. Tire hacia dentro su mentón ligeramente, descanse sobre la parte posterior de su cuello en lugar de la cabeza. Si lo desea, puede colocar un cojín suave, no muy grueso, debajo de la cabeza. Deje que sus brazos yazcan sueltos, más o menos paralelos a sus costados. Pruebe lo que va a suceder cuando relaje sus tobillos: ¿sus pies van a doblarse hacia afuera incómodamente? No deje que esto lo prevenga en su relajación. Coloque un par de cajas o algo similar para que descansen contra ellos en caso que se doblen hacia afuera.

Ahora respire profunda y lentamente. Si su cuerpo no está colocado correcta y simétricamente, estas respiraciones le permitirán hacer cualquier ajuste necesario. Si puede, respire suave y uniformemente a través de la nariz.

Ahora podemos comenzar con su pie derecho.

Durante las vacaciones, cuando camina descalzo o usa sandalias, ¿da alguna atención a sus pies? (Esto no es sólo cuestión de cortar sus uñas, aunque allí también tiene oportunidad de algo más). Si tiene en cuenta a estos pobres "desvalidos", si les da un lugar en el Sol, si tiene comunicación amigable con ellos y respeta sus necesidades, encontrará fácil de llevar a cabo la primera parte de esta práctica de relajación. Sin embargo, si consistentemente los ha ignorado durante años, quizás no puedan responder enseguida perceptiblemente a su nueva actitud o amistad hacia ellos. Sin embargo, persevere.

Mueva los dedos de su pie derecho; vea cuántos de ellos puede mover individualmente, y hasta qué punto. Trate mentalmente hacer que cada uno responda a su mensaje. Esto puede tomar concentración (no pase demasiado tiempo en ello como para gastar su energía o su tiempo, pero si los resultados no han sido enteramente satisfactorios, dele a sus dedos unos minutos de atención de vez en cuando durante el día. Desde el punto de vista del desarrollo personal encontrará esto eminentemente valioso). Relaje los dedos.

Luego, todavía manteniendo su talón en el suelo, lleve su pie derecho "hacia arriba" (es decir, flexiónelo hacia su cabeza) de manera que sienta que los músculos se estiran en la pantorrilla y se contraen en el frente de la espinilla. Haga esto unas pocas veces, dirigiendo un pensamiento de ánimo y aprobación a los músculos, tendones y nervios que están haciendo el trabajo. Apriete juntos todos los dedos, manteniendo la rodilla firme: relájelos, luego repita varias veces. Relájese.

Levantando su talón ahora del suelo, y manteniendo su rodilla derecha recta, vea qué tan lejos puede llevar la pierna derecha sin doblar la rodilla izquierda. Con la pierna derecha levantada rote el pie sobre el tobillo, unas seis veces hacia la derecha y seis veces hacia la izquierda. Tenga consideración con las partes de su cuerpo que están tomando parte en este ejercicio. Baje la pierna lentamente, relájese, luego levántela de nuevo y repita la acción. ¿Tiene todavía su rodilla izquierda recta?

Relaje totalmente su pierna derecha: dedos, pies, tobillo, pantorrilla y músculos de la espinilla, rodilla, músculos del muslo, nalgas. Agradezca y bendiga su pierna derecha.

Repita todo el movimiento con la pierna izquierda. Al concluir, envíe mensajes de amistad y benevolencia a cada parte del cuerpo que pueda distinguir. Verifique que ambas piernas estén completamente relajadas. Agradezca y bendiga su pierna izquierda.

Ahora continuamos en la importante región abdominal. Aún cuando cada parte de su cuerpo responderá a los pensamientos positivos y benevolentes que ahora está dirigiéndoles individualmente, hay, en ciertas partes del cuerpo, una capacidad para algo más cercano a una respuesta consciente; los órganos internos altamente especializados están en esta última categoría (abdomen y pecho). Aunque en esta práctica de relajación sólo es posible hacer actuar deliberadamente a los músculos "voluntarios" de los miembros y tronco (hay más de 600 de ellos); los órganos internos, cuyos músculos son "involuntarios" y por consiguiente están unidos más estrechamente a las áreas instintuales y emocionales de la psiquis, serán especialmente sensibles a los pensamientos cargados de sentimientos que ahora estará enviándoles.

Al relajar los músculos exteriores del abdomen, dirija un pensamiento específico de buenos deseos a cada uno de los órganos dentro de ellos; el hígado y la vesícula biliar, el estómago con sus glándulas, el bazo, los intestinos, los riñones, vejiga y los órganos sexuales. Trate de no olvidar a ninguno. En efecto, una verdad psicológica está involucrada aquí, con respecto a su habilidad de dirigir estos deseos específicos de pensamiento a los órganos individuales: sólo podemos verdaderamente conocer aquello que amamos. Sólo podemos verdaderamente amar aquello que conocemos.

Por lo tanto, podría ejecutar mejor esta parte de la práctica si conociera más de los órganos internos, el trabajo que hacen y su localización dentro del cuerpo. Si este es el caso, un buen libro de medicina le ayudará en su propósito.

Los músculos abdominales pueden ser considerados en dos conjuntos que se dividen a la altura del ombligo. A los músculos del abdomen inferior ya usted les ha dado actividad, al levantar y bajar sus piernas, pero si desea, puede hacerlo de nuevo pensando en los músculos abdominales empleados en lugar de las piernas. Ahora relájese. Flexione los músculos lumbares (región de la espalda), relájese; repita este ejercicio unas cuantas veces.

Ahora respire profundo —más profundo de lo que hasta ahora lo ha venido haciendo durante esta práctica— dejando que el aire llegue a la parte inferior de los pulmones y la parte superior del abdomen se dilate. (Las mujeres pueden necesitar más práctica debido a que sus costillas son más flexibles y el pecho acomoda naturalmente el aire que inhalan). Después de inhalar, retenga el aire mientras contrae los músculos del abdomen superior, enviando así el aire al pecho en forma adecuada y expandiendo las costillas. Luego exhale. No retenga el aire incómodamente por largo tiempo; el propósito principal es dar a los músculos abdominales superiores algo contra qué presionar mientras los está contrayendo. Y no haga estos movimientos (o, en efecto, cualquiera de los movimientos) violentamente o a tirones.

Repita esto varias veces. Relaje los músculos del abdomen superior. Revise también que los del abdomen inferior y los de las piernas estén todavía relajados.

La siguiente parte del cuerpo a considerar es el pecho, aquí, además de los músculos que en realidad estará empleando, sus pensamientos deben estar dirigidos a su corazón y pulmones. Un sentimiento profundo e íntimo para y con estos órganos sensibles (pero evitando cualquier muestra de ansiedad) debe ser reconocido por el trabajo incesante y sin descanso que hacen por usted.

Respire lentamente; pero esta vez, en lugar de expandir más el pecho al mover el aire inhalado en los pulmones, oblíguelos suavemente a tomar un poco más de aire de manera que pueda sentir que este aire extra está siendo succionado. Luego exhale suavemente, hasta donde pueda hacerlo con normalidad. Con una contracción en la región del diafragma (en el fondo de la caja torácica) exhale un poco de aire, vaciando los pulmones aún más. Ahora respire de manera normal, dejando que los músculos del pecho se relajen. Repita este procedimiento unas tres veces más.

Flexione los músculos pectorales (tensionando sus codos hacia sus costados), relájese. Presione hacia atrás los omoplatos, luego relájese. Contraiga los músculos del cuello, relájese. Repita unas veces con los pectorales, hombros y cuello; luego relájese. Agradezca durante un momento por los latidos del corazón y el ritmo de respiración.

Agradezca y bendiga a su cuerpo y a todos los órganos vitales dentro de él.

Levante su antebrazo derecho hasta que pueda mirar su mano derecha sin esfuerzo; mantenga el codo sobre el piso. Estire la mano derecha, extienda todos los dedos, luego flexiónelos uno a la vez, como hizo con los dedos de los pies. Trate de mover cada uno por separado. Luego haga lo mismo con el pulgar. Extienda el pulgar a través de la palma hasta donde pueda; toque la base del meñique con la yema del pulgar si esto es posible. Extienda la mano.

Ahora doble la mano hacia adelante lo más que pueda en dirección a la muñeca, manteniendo los dedos rectos. Ahora dóblela hacia atrás hasta donde le sea posible. Repita esto varias veces, percibiendo el estiramiento y contracción de los músculos del brazo. Trate de dar vueltas con la mano sobre la muñeca, con un movimiento tan suave como sea posible, hacia la derecha, luego hacia la izquierda. Dese cuenta de los varios componentes —huesos, músculos, tendones, nervios— involucrados en este movimiento; luego relájese. Piense en las varias habilidades y acciones que ha desarrollado con esta mano. (La gente debería aprender a utilizar la mano que no es predominante).

Levante el brazo derecho verticalmente del suelo, formando un ángulo recto en el codo; apriete el puño (el pulgar afuera) tan duro como pueda, doble el puño apretado hacia delante sobre las muñecas, flexione los bíceps. Relájese; repita el movimiento, sintiendo que el músculo de los tríceps se estira a medida que el músculo de los bíceps se contrae; relájese, afloje la mano, devuelva el brazo al costado. Repita el ejercicio con el brazo y mano izquierda.

Ahora verifique que todos los músculos previamente usados estén relajados: pies, piernas, muslos, abdomen, espalda, pecho, hombros, cuello, dedos, manos, antebrazos y brazos.

Apriete la quijada, presione los párpados; luego suavemente relájese. Piense en lo maravillosos que son sus ojos, oídos, nariz y boca; qué maravilloso medio de expresión son su aparato vocal, la lengua y los labios. Piense cuánto puede ser expresado por una sonrisa: sonría ahora, empezando con esos delicados músculos alrededor de los ojos, sintiéndose en paz y feliz a medida que los contrae, dejando que su boca sea atrapada en la expresión de manera tal que los labios finalmente se separen en una sonrisa de pura alegría. Aquí hay otro gran secreto que podemos aprender de los místicos del Oriente y Occidente: apártese, aunque sea sólo un momento, de las inquietudes, preocupaciones, temores, dolores o pesares que lo acosan y descubrirá que su verdadero Yo es pura alegría.

Esa es la verdadera razón de por qué la relajación le ayuda a tener resolución, concentración y paciencia.

Al llegar al punto final en esta práctica, relájese totalmente con los ojos cerrados y el rostro en paz. Mantenga esa posición por unos instantes, respirando suavemente, escuchando latir su corazón, antes de volver a la actividad normal. Agradezca y bendiga al cerebro y a su sistema nervioso, a su cabeza y semblante, a las facultades de la vista, oído, olor, gusto y tacto.

Este es el plan de relajación creativa. Esta práctica de relajación, simple y cuidadosamente desarrollada, puede beneficiarlo considerablemente. Le ayudará hacia la visualización creativa y lo asistirá grandemente en el desarrollo de sus facultades de resolución, concentración y paciencia.

Imagine el gran efecto de la visualización creativa en su plan de relajación creativa. En lugar de un "círculo vicioso", ahora tiene un "círculo poderoso". A medida que se concientiza y se relaja cada parte de su cuerpo, sus buenos deseos serán aun más poderosos al visualizar su cuerpo radiante de salud.

Hay otra técnica importante en el desarrollo y mantenimiento de las cualidades para la visualización creativa. Esta técnica ya ha sido presentada en la obra *Proyección Astral*, publicada por Llewellyn Español en 1998. Obviamente no sería justo repetir ese material en este libro. En esa publicación encontrará consejos sobre dietas, ejercicios físicos y otros temas de gran valor para cualquiera que desee tomar seriamente el desarrollo de sus facultades interiores. Sin embargo, la técnica a continuación está relacionada específicamente con la visualización creativa y con la proyección astral, y este libro no estaría completo sin ello.

Respiración rítmica

Esta técnica puede ser practicada a voluntad y sin repetida atención. Esto no ocurre frecuentemente con la respiración involuntaria. Cualquier estudiante con experiencia en intenso trabajo mental, ya sea filosófico o creativo, puede conocer el nivel de frustración cuando su atención es arrebatada y su concentración destruida cuando descubre que ha dejado inconscientemente de respirar.

La respiración rítmica establece un ritmo que es natural para el individuo, de modo que cuando las palabras han sido emitidas (o acciones desarrolladas, como en el plan de relajación creativa), estas pueden ser fácilmente ajustadas en el patrón de respiración, y con un poco de práctica, todo esto es llevado a una armonía personal, natural y efectiva.

El primer paso es percibir sus latidos, verificandolos, al sentir el pulso en su garganta, o muñeca. Empiece a contar sus latidos.

Ahora llene sus pulmones tanto como pueda. Retenga el aire durante tres latidos. Exhale de una manera firme y controlada durante seis latidos.

Mantenga sus pulmones vacíos durante tres latidos. Respire continuamente durante seis y así sucesivamente. Ensaye esto varias veces para acostumbrarse a él. Notará que es sólo cuestión de práctica acostumbrarse a este ritmo, o puede descubrir que esta regulación en particular no se le ajusta. Puede encontrar, por ejemplo, que necesita más tiempo para llenar o vaciar sus pulmones. Alternadamente, puede encontrar que tres latidos son un tiempo incómodamente largo para retener la respiración. Esa clase de descubrimiento era el propósito de este primer experimento.

Lo que está pretendiendo establecer es un patrón de respiración en el cual puede cómodamente mantener a sus pulmones llenos de aire durante un cierto número de latidos, luego, exhalar durante dos veces ese número de latidos de manera que sus pulmones queden tan vacíos como pueda; luego inhale durante el conteo del doble de ese número y sus pulmones estarán bien expandidos. Al final encontrará que después de alguna práctica puede identificarse con uno u otro de los siguientes ejemplos:

Retenga llenos los pulmones durante	Exhale lentamente durante	Retenga vacíos los pulmones durante	Inhale lentamente durante
2 latidos	4 latidos	2 latidos	4 latidos
3 latidos	6 latidos	3 latidos	6 latidos
4 latidos	8 latidos	4 latidos	8 latidos

Para este propósito no importa cuál de estos escoja; tome el ejemplo que pueda usar más cómodamente. Después de algún tiempo encontrará que se incrementa su capacidad:

Por ejemplo, puede empezar con 2-4-2-4 y encontrar después que su capacidad de respiración le permite cambiar a 3-6-3-6. Eso está bien —pero debe en todos los casos mantenerse al ritmo de la respiración—. No extienda su tiempo de inhalación o exhalación a seis latidos hasta que pueda cómodamente retener su respiración tanto "adentro" como "afuera" durante tres latidos. Después de una semana encontrará que puede usar el ritmo 3-6-3-6 correcta y cómodamente.

Experimente, pero siempre mantenga el patrón dado. Tener un ritmo de respiración de 1-2-1-2, ó de 5-10-5-10, sería inusual pero bueno. Pero siempre doble su tiempo de inhalación y exhalación por el número de latidos durante el cual retiene su respiración, y siempre cuente sus propios latidos. Si tiene reloj, colóquelo donde no pueda oírlo.

Los principios de la respiración rítmica son usados en todo el mundo, y en diferentes formas para diferentes propósitos. Úsela cuando esté haciendo sus prácticas de relajación y visualización creativa, al acostarse, y durante cualquier trabajo físico o mental. Puede elevar la energía, y puede dirigirla.

Practique la respiración rítmica hasta que se convierta en un hábito y un aliado de por vida.

• • •

Punto de control

- Practique el plan de relajación creativa hasta que sea hábil con él. Si no puede practicarlo a diario, trate de hacerlo tres días por semana.

- Si cree que le trae beneficios en la visualización o en los buenos deseos, averigüe más de las diferentes estructuras y funciones del cuerpo.

- Continúe practicando la visualización simple (ver el capítulo anterior) si es necesario, pero no deje que demore su iniciación de las otras prácticas en el libro. Encontrará que hay mucho que puede hacer antes de desarrollar su habilidad en la visualización. El incentivo y la eficiencia crecerán con el progreso, aprenderá los múltiples usos de la visualización y su gran nivel de importancia.

- Practique la respiración rítmica cuando y donde pueda, especialmente al hacer la visualización, la relajación creativa o cualquier otro procedimiento de autodesarrollo.

3

Usted tiene un gran futuro

Puntos de estudio

1. La respiración rítmica da fuerza y forma a todas sus actividades. Todos somos parte del universo, y lo único que evita que llenemos nuestras necesidades de su abundancia es el sentimiento inconsciente de privación que muchos tienen. Cuando usted "reprograma" la mente inconsciente esta inhibición es eliminada. Al buscar desarrollar sus facultades interiores, está haciendo contacto con los niveles inconscientes de su psiquis.

a. Los niveles inconscientes son los niveles irresponsables.

b. Debe asegurar el control sobre estos niveles desde la mente racional.

c. Asocie alegría con imágenes de las cosas que desea y cántelas en su honor. Las canciones atraen a las emociones atravesando los niveles inconscientes de la mente.

• • •

¿Cómo podría dejar de pensar en la respiración rítmica cuando la pongo en práctica? No se preocupe. Si usa esta técnica fielmente llegará el momento en que su práctica será totalmente involuntaria.

Sin embargo, desde el comienzo usted puede y debería incluirla en sus prácticas de visualización. Encontrará que siguiendo este ritmo básico mejorará en gran parte sus actividades cotidianas.

Ahora puede organizar sus momentos de práctica en una forma ordenada. ¿A qué hora va a practicar la visualización creativa? Temprano en la mañana es lo mejor para un buen comienzo del día, convirtiendo su primera actividad en un movimiento hacia sus verdaderos objetivos o su próxima meta. La práctica antes de ir a dormir también es beneficiosa ya que probablemente hará que su mente inconsciente (el nivel que realmente quiere involucrar) continúe desarrollando la actividad creativa que ha empezado mientras está despierto. Y la tercera elección, que no es tan poderosa si se usa sola, es aproximadamente al medio día.

Si puede poner en práctica dos, o tres, de estos momentos daría buenos resultados, pero es aconsejable establecer algo que pueda llevar a cabo regularmente, en lugar de depender del momento fortuito.

Si desarrolla esta actividad mientras está sentado, siéntese en una silla firme, relájese y mantenga la columna vertebral vertical (para mantener el balance), y coloque las plantas de sus pies lado a lado sobre el piso. Descanse sus palmas tranquilamente sobre sus muslos, excepto cuando quiera hacer algún movimiento especial con las manos (como puede ocurrir muy naturalmente durante su actividad de visualización). Si está realizando una sesión de relajación creativa, hágalo acostado sobre una cómoda alfombra.

Para la actividad de visualización mientras está acostado, colóquese de espaldas, tan horizontal como pueda. Si necesita una almohada alta (por ejemplo, si sufre de los bronquios), entonces utilícela; pero si puede habituarse a usar una almohada baja, la visualización creativa sería más efectiva. El cerebro es un órgano que funciona adecuadamente, en especial con respecto a sus actividades menos acostumbradas, si tiene un buen suministro de sangre. También es importante la menor cantidad de luz posible.

Después de haber seguido todas estas recomendaciones, su siguiente paso será iniciar la respiración rítmica. Permita que esto continúe durante al menos diez respiraciones completas antes de continuar con sus actividades de visualización, ya sean prácticas de visualización o trabajo creativo.

Continúe con la respiración rítmica mientras procede con su visualización. Pronto podrá combinar fácilmente las dos actividades. Por ejemplo, si está haciendo visualización simple, podría, mientras está inhalando, verificar mentalmente las características de la forma que proyecta visualizar (si es un triángulo, ¿son todos sus lados de la misma longitud? ¿Qué tan anchos son los ángulos? Si es una estrella, ¿cuántas puntas tiene?, etc. Mientras retiene la respiración, deje que los pensamientos germinen, y mientras exhala, visualícelos. En la siguiente inhalación, deje desvanecer los pensamientos. Espere y pregunte de nuevo. Como primer paso sencillo en la visualización creativa, debe visualizar su imagen (por ejemplo una casa) mientras inhala; reténgalo firmemente mientras sostiene la respiración; luego, exhalando, diga mentalmente palabras apropiadas, tales como "Mi casa, mi casa". Ejemplos menos triviales de palabras pueden venir a su mente, pero siempre verifíquelas cuidadosamente, en caso de que resulte diciendo algo que no quiere.

Esta clase de accidente puede suceder; es agotador y puede incluso ser peligroso para sus planes. Por ejemplo, había un hombre que repetía una y otra vez, "Quiero una casa nueva", añadiendo mentalmente, "entonces puedo casarme con mi novia", hasta que de pronto se encontró repitiendo "quiero una nueva novia".

¿Por qué sucede? Al desarrollar sus facultades interiores, usted está haciendo contacto con los niveles inconscientes de su psiquis.

Los niveles inconscientes son los niveles irresponsables. Un niño, cuya facultad de razonamiento no está todavía desarrollada, o una persona mentalmente enferma o alguien dormido, no pueden ser responsables por sus actos, porque en todos esos casos los niveles inconscientes de la psiquis están en control.

Pero estos niveles también son efectivos para conseguir lo deseado. Observe como un animal se adapta a su propio hábitat y estilo de vida. Ningún animal puede haber

elaborado todo deliberadamente por medio del razonamiento consciente de igual manera que el ser humano.

Los venados tienen orificios cerca de la esquina interior de los ojos, de modo que al correr a alta velocidad
pueden obtener más oxígeno para respirar que lo que
pueden tomar a través de las fosas nasales. Muchos animales utilizan variedad de camuflajes para sobrevivir en
la naturaleza.

Darwin trató de explicarlo al señalar que cuando algunos animales tenían un dispositivo protector o útil, y
otros no, aquellos con más alternativas tendrían más posibilidades de subsistir. Esto está bien en este respecto pero
no hace nada para explicar cómo surgió el perfecciona-
miento en primer lugar.

Así que, trabaje con los niveles inconscientes de la psiquis para obtener lo es más apropiado para usted, pero
tenga cuidado de no dejarlos tomar el control. Como individuo, necesita que esté a cargo su mente racional, para
evitar que sus naturalezas subracionales y materiales se
metan en problemas.

Esto no quiere decir que su mente racional es la facultad más alta que posee su psiquis. Estrictamente, "no lo
es"; y a medida que procede más y más en el desarrollo
de sus poderes interiores, gradualmente conocerá más de
la existencia y la realidad viviente de su yo superior. Así
que en su programa de visualización creativa: planee lo
que va a visualizar y dígalo en silencio y en voz alta.

No actúe por impulso durante las sesiones de visualización. Piense cuidadosamente en todas las implicaciones antes de hacer algún cambio en su plan para lograr la visualización.

En todo momento durante el día permanezca en silencio en lo relacionado con su programa de visualización, pero hasta donde sea posible, piense, hable y actúe armoniosamente hacia él.

Recuerde, usted tiene un gran futuro. Una vez más: usted tiene un gran futuro.

Esta verdad le ayudará a mantener control de los niveles de inconsciencia de la psiquis.

Cuando haya escogido lo que realmente quiere en la vida, y lo que encaja con sus planes reales, dirija la atención de su naturaleza emocional a realizar sus objetivos. No le permita vagar hacia la codicia por cosas que sólo desea en cantidad limitada, ni hacia el desperdicio de su capacidad de deseo por cosas sin importancia, irrelevantes o contrarias. Disfrute al máximo al pensar en las cosas que son parte de sus planes para el futuro.

Una forma de extenderse y deleitarse en lo que quiere es poner en práctica el método "imagen" o "presentación" que ha sido mencionado. Pero además de eso, haga lo más alegre que podemos hacer: cantar. No importa cómo sea su voz, lo importante es hacerlo. Podría incluso hacerlo sin emitir sonidos, cantar mentalmente o en su imaginación. Vale la pena el hacerlo.

Cante.

Si quiere algo como la quietud rural o una casa en un sitio en particular, (ideas que siempre han atraído a los compositores y cantantes), usted tendrá muy poco problema, aunque debe estar al tanto de las palabras e ideas "negativas" que quizás deban suprimirse.

Hasta hace unos años, los poetas y compositores eran demasiado melancólicos. Por lo tanto, si quiere expresar algo menos romantizado, necesitará hacer sus propias adaptaciones. Pero usted no va a cantar su composición en una plataforma de concierto; probablemente sólo cantará la letra cuando esté solo, y si no, sólo tararee o silbe una frase u otras de la melodía mientras "piensa" la letra.

Así que no tiene que ser un genio para seguir una tonada que entra a su cabeza, y alterar la letra para decir tan claramente como sea posible lo que quiere. Podría pensar en "hay una taberna en la ciudad", o "el hogar de la montaña", o "Jeanie la del cabello café claro", y cante, según sus deseos:

"Voy a obtener mi Ph.D. —Ph.D.—"

"Voy a abrir la puerta sólo para mí —sólo para mí—"

"Me haré una figura que sea delgada, y agradable de ver en la playa"

Entone la melodía que a usted le guste y ponga su deseo en ella.

Notará que en los ejemplos anteriores, aunque estos sean breves y simples, hay algo especial: el beneficio de la educación y el placer de lucir bien en la playa. La actitud tomada en estos cantos, presenta dos condiciones:

1. Tiene que poder creerlo: una cosa es cierta astralmente cuando ha visualizado el objeto o el hecho con
suficiente fuerza para ponerlo allí. (Hablaremos más
acerca de esto en el siguiente capítulo).

2. Esta "realización" debe ayudarle, no obstaculizarlo, al
hacer lo que se necesite para transportarlo hasta el
nivel material, por ejemplo, estudiar para el grado o
hacer una buena dieta para adelgazar.

Acciones convenientes en el nivel material, cuando
está en posición de hacerlas, deben hacerse porque es en
el mundo material en donde quiere que su sueño se haga
realidad. La visualización creativa debe cuidar de los factores que usted no puede controlar —estar listo para las
preguntas en el examen, mantener a su mente alejada del
goce de los alimentos grasosos, ahorrar dinero para
comprar algo, etcétera—.

• • •

Punto de control

- Haga un horario para practicar regularmente la visualización creativa.

- La práctica de visualización de noche es mejor si se hace cuando está en la cama.

- Escoja lo que realmente quiere en la vida, y dirija su naturaleza emocional hacia ello.

- Puede combinar palabras habladas con su respiración rítmica para ayudar a la visualización creativa:
  Inhalando —visualice la imagen—.
  Reteniendo el aliento —contemple la imagen—.
  Exhalando —afirme lo que está visualizando—.

- Haga una canción de ello; cambiar la letra de una canción existente es fácil, conservará en su mente su deseo.

4

El flujo de sostenimiento de la vida

Puntos de estudio

1. Hay cuatro niveles de existencia humana:

   a. El yo superior es la flama divina, de la cual no somos conscientes.

   b. La conciencia racional es responsable por el bienestar de su yo inferior.

   c. La naturaleza emocional e instintual se encuentra sumergida en el inconsciente inferior y se expresa en emoción.

d. El cuerpo físico; incluyendo el cerebro, los sentidos y sistema nervioso.

2. Hay cuatro niveles correspondientes al universo externo:

   a. El mundo de lo divino: en el cual funciona el yo superior.

   b. El mundo intelectual: en el cual funciona la conciencia racional.

   c. El mundo astral: en el cual funciona la naturaleza emocional e instintual.

   d. El mundo material: en el cual funciona el cuerpo físico.

3. Existimos y funcionamos en cada nivel del universo, aunque nuestra mente consciente se da cuenta sólo de una pequeña parte:

   a. Actuamos en niveles donde no tenemos conciencia personal.

   b. Para actuar con "unidad" (sin factores inhibitorios), tenemos que obtener la cooperación de los niveles inconscientes.

   c. Cada nivel puede actuar con o en el nivel inmediatamente superior o inferior.

   d. Tanto más alto el nivel en el cual podamos actuar, tanto más seguros y permanentes serán los efectos.

   e. Llenarse de luz es experimentar el principio del contacto con el yo superior.

• • •

Este es un capítulo muy importante. Cada capítulo de este libro es importante, pero cuando haya leído, digerido y entendido bien éste, verá más profundamente el resto del libro.

Por medio de la visualización creativa se puede lograr o poseer lo que verdaderamente quiere en la vida.

De manera que ¿de dónde viene esta abundancia?, ¿cómo y con qué derecho la reclamamos?

Usted debe entender y tranquilizar su mente con respecto a las respuestas a estas preguntas. Porque mejor entienda los principios, más fácilmente podrá "visualizar" su trabajo y mejor trabajarán para usted.

Usted, como ser humano, existe simultáneamente en cuatro niveles: Existe su yo superior, su naturaleza puramente espiritual, la cual es en esencia divina (la flama divina), pero de la cual la mayoría de nosotros no somos conscientes (el inconsciente superior, la mente intuitiva, las facultades superiores).

Existe su conciencia racional, que es receptiva al conocimiento del yo superior, pero sujeto a eso, es activamente responsable para el bienestar de todo su yo inferior.

Existe su naturaleza emocional e instintual, la cual usted es consciente cuando se expresa en emoción, pero que de otra manera está en sumergida en el inconsciente inferior (que actúa en coordinación con los nervios involuntarios).

Finalmente, existe su cuerpo físico, del cual el cerebro, los sentidos y el sistemas nervioso son parte.

El universo externo también está concebido de cuatro niveles, que corresponden a los niveles de un ser humano. (Obviamente, sí hay otros niveles en el universo externo, que probablemente no podemos percibirlos en el nivel humano).

Existe el mundo de lo divino —el mundo de Dios— en el cual nuestra naturaleza más alta está a gusto. Existe el mundo intelectual, donde nuestra naturaleza mental racional se siente confortable. Existe el mundo astral, en el cual nuestra naturaleza emocional e instintual está a gusto. Y existe el mundo material, en donde nuestros cuerpos físicos están a gusto.

Así que usted y como todos los demás tiene una existencia que se extiende a través de cada nivel del universo, aunque su mente consciente esté al tanto de una pequeña parte del universo.

Eso le muestra la gran importancia de tener la cooperación de los niveles inconscientes en sus actividades. Esto le permite operar en niveles de los cuales no tiene conciencia personal: tal como los científicos, podemos recibir observaciones y muestras por medio de instrumentos en otros planetas o en las profundidades del mar, aunque los científicos no tienen sensaciones personales de ver, oír, o excavar, cuando los instrumentos están desarrollando esas acciones.

Pero en nuestras actividades, los "instrumentos" son una parte viviente de nosotros; ganar conciencia de ellos será una parte muy valiosa de nuestro desarrollo.

Sin embargo, para entender cómo trabaja la visualización creativa, necesitamos considerar algunos hechos de las tradiciones misteriosas que tienen que ver con el universo externo.

Cada nivel en la persona puede interactuar con su nivel correspondiente en el universo externo.

Cada nivel del universo puede actuar en, o con el nivel inmediatamente superior o inferior de él. Estos niveles no están separados por fronteras bien definidas. El mundo mental emana del mundo de lo divino y es receptivo a él: también actúa bajo la influencia al mundo astral. El mundo astral emana del mundo mental, pero también recibe vibraciones del mundo material. El mundo material emana de, y está directamente influenciado por, el mundo astral.

Podemos fácilmente crear impulsos e imágenes e implantarlas en el mundo astral.

Podemos, por el poder de la mente y la concentración, hacer que estos impulsos e imágenes en el mundo astral lleguen a "empaparse" con el poder del mundo mental. Al permanecer como una parte del mundo mental, nuestros impulsos e imágenes ahora tienen su contraparte a un nivel mental.

No podemos "causar" directamente ninguna acción a partir del mundo divino (al menos, no hasta que seamos grandes adeptos, y místicos de la clase conocida como *taumatúrgicos*, o "trabajadores maravilla"). Sin embargo, si trabajamos adecuadamente podemos crear un "canal" a través del cual el poder divino puede actuar en el mundo mental, y si sabemos que este canal es correcto y compatible —arquetipal— no será rechazado.

Pero, ya que podemos implantar impulsos e imágenes en el mundo astral, ¿no podemos simplemente depender de estos, sin ir más lejos, para reflejar y causar los cambios que queremos en el mundo material?

La visualización creativa es algunas veces usada de esta forma, pero probablemente ocasionará resultados débiles y transitorios en el mundo material.

Tanto más alto el nivel en el cual podemos poner en movimiento una acción deseada, tanto más seguros y permanentes serán sus efectos.

Los místicos medievales sabían esto. Los cambios que eran puestos en movimiento sólo en el nivel astral, eran tildados como el trabajo de aquellos que no tenían el suficiente conocimiento para ir más alto, o no se atrevían por razones morales. Los efectos débiles y transitorios fueron llamados "glamour" —una palabra que hoy día tiene un significado diferente, pero que todavía define un efecto, una atracción, cuyas causas sean físicas, instintuales o emocionales son completamente la preocupación de los mundos material y astral—. Es importante que usted:

1. Conozca cómo traer a sus programas de visualización creativa aquellos niveles superiores que harán sus resultados duraderos y confiables.

2. Comprenda la ética de la visualización creativa de manera que no necesite tener vacilaciones, reservas o sentimientos de culpa ocultos que estropearían o tal vez prevendrían que sus esfuerzos contactaran esos niveles superiores.

El resto de este libro está dedicado a los diferentes aspectos del cómo practicar en la visualización creativa. Pero la ética necesita ser tratada ahora.

Hemos visto cómo todos los niveles del universo interactúan y cómo están entremezclados y unidos. No hay una completa división entre el "espíritu" y la "materia", por la simple razón de que en todo este esquema de cosas, las divisiones tajantes no están en ningún nivel y, en efecto, raramente existen.

Aún en el Ecuador, hay un momento desde el comienzo hasta la terminación de la aparición del Sol sobre el horizonte, o su desaparición debajo de él; un breve crepúsculo que marca el cambio entre la noche y el día. Existen mamíferos anfibios en muchas regiones, y hay peces que caminan y trepan. Hay plantas parecidas a los animales y animales parecidos a las plantas. Para no desviarse demasiado lejos del tema fascinante, no existen las fronteras; las partes del mundo y el universo están entretejidas en un todo unido, de igual forma que un hombre desde su espíritu más alto hasta su cuerpo físico es un individuo. Usted podría estar emocionalmente deprimido, y tener matizados sus procesos mentales por un dolor físico; mientras que una seria enfermedad corporal puede a menudo ser vencida por la alegría espiritual, la confianza, su fuerza o la de alguien más —porque entre un individuo y otro las fronteras tampoco son rígidas—.

Los físicos hoy día nos dicen lo que los místicos siempre han sabido: todo lo que existe, incluso la materia más densa, consta de nada más que energía ¿y qué es la energía?

Afortunadamente no necesitamos llevar esa pregunta más allá de las definiciones del diccionario, la cual puede ser generalmente resumida como "poder o actividad, o la habilidad de ejercer poder o actividad". El punto es que, usted está caracterizado por la habilidad de ejercer poder o actividad —usted hace eso toda su vida, al respirar y por una corriente interminable de actividad mental— y está a gusto en un universo que, espiritual o materialmente tiene la misma característica. Incluso un trozo de plomo, o de vidrio, está formado de átomos que, con sus componentes, están en un estado intenso de actividad.

Así que ¿por qué algunos afirman que sólo deberíamos usar los poderes del plano físico para obtener cosas materiales, y que deberíamos guardar los poderes espirituales para obtener cosas espirituales?

En cualquier caso, para hacer trabajo físico de manera efectiva necesitamos el mejor juicio posible; mientras que para el trabajo mental, necesitamos toda la energía que la dieta y el descanso puedan darnos (la cantidad correcta en ambos casos). En esto nuevamente, la persona es una unidad.

El verdadero problema, para mucha gente es la interpretación errónea del Nuevo Testamento, y tratar de hacer de esas pocas palabras una regla de la vida. Tomar palabras fuera de contexto es en cualquier caso una forma injusta de tratar cualquier libro, y especialmente uno tan complejo como el Nuevo Testamento. En verdad, la existencia de los cuatro evangelios sugiere un balance de compuestos.

Nuestro primer requerimiento, si vamos a considerar tal pasaje, es poner el Nuevo Testamente en su totalidad "en contexto" considerando la clase de gente a quien fue dirigido inicialmente.

Ellos eran habitantes del Oriente del Mediterráneo, principalmente judíos y griegos, inteligentes, pero en general más severos y menos sensibles que sus colegas de hoy.

Sin embargo, también tenían las virtudes de sus debilidades. Ellos estaban seguros que su Dios o Dioses atenderían sus necesidades según fueran especificadas, aunque pudo haber sido expresada de una forma tradicional bastante inexpresiva en su identidad o carácter particular. También se les pudo haber dicho que "amaran a sus prójimos como a ellos mismos", suponiendo inicialmente que ya existía el amor propio, lo cual no puede ser asumido universalmente entre la gente pensante de hoy.

Por lo tanto, al leer el Nuevo Testamento, no sólo tenemos que ver lo que encontramos allí, y por qué, también tenemos que ver lo que no se tuvo en cuenta.

Un pasaje que preocupa a alguna gente en relación con la visualización creativa (aunque trata del tema de la oración, no de visualización creativa) está en Mateo, capítulo 6, versículos 7 y 8: "Y cuando estén orando, no usen repetición sin sentido, como hacen los gentiles, porque ellos suponen que serán oídos por sus muchas palabras. Por lo tanto no sean como ellos; porque su Padre sabe lo que ustedes necesitan, antes de que lo pidan".

Mateo tiene otro pasaje en el mismo capítulo (versículo 25 hasta el final) en el tema de no ser ansioso, que se puede aplicar tanto a la oración como a la visualización creativa, haciendo todo, cualquier cosa o nada en absoluto acerca de su futuro. Lo que decida hacer, debe "creer en ello", o hasta que pueda creer debería suspender el juicio: es decir, debe esperar de una manera imparcial para ver qué sucede. La ansiedad es completamente destructiva, no sólo de los delicados patrones astrales sino de usted, su energía, sueño, digestión y nervios. Por eso es que, aunque decidiera prudentemente hacer algo acerca de su futuro (y la visualización creativa es la mejor forma de trabajo mental en la que usted puede tomar parte). Hacer nada sería mejor que preocuparse.

Pero volvamos a Mateo. Su trabajo era cobrar impuestos en un cruce de caminos (Cap. 9, vers. 9) así que tal vez él mismo se preocupaba por el dinero; por eso podría ser que él cobraba en especial los consejos sobre el tema. De todos modos, la gente cuyas historias él cuenta en su evangelio son seres humanos normales, y cuando quieren alguna cosa lo solicitan de una forma perfectamente natural.

Así tenemos al leproso (Cap. 8, vers. 2): "Señor, si quieres puedes limpiarme". Tenemos al centurión (Cap. 8, vers. 6): "Señor, mi sirviente está en cama paralizado...". Y tenemos al dictador (Cap. 9, vers. 18): "Mi hija acaba de morir: pero ven y pon tu mano sobre ella, y vivirá".

Si miramos a los otros evangelios, podemos encontrar a gente que es incitada por Cristo a establecer explícitamente lo que querían, aunque sus necesidades eran evidentes. Así se nos cuenta la historia del ciego Bartimaeus (Marcos, capítulo 10 versículos: 46–52): "¿Qué quieres que haga por ti?". Jesús le preguntó. "Maestro, quiero ver otra vez", el ciego le dijo. Similarmente tenemos al hombre enfermo cerca del estanque de Bethsaida (Juan: Cap. 5, vers. 6): "Cuando Jesús le vio tendido allí, sabiendo que ya había estado largo tiempo en esa condición, le dijo, "¿deseas curarte?"

Con seguridad, de estos ejemplos aprendemos la importancia de establecer explícitamente los deseos.

Pero hay más textos del Nuevo Testamento para tomar nota. Hay una declaración sobresaliente (Marcos: capítulo 11 versículos 22–24): "Ten fe en Dios. De cierto te digo que quien diga a esta montaña, tómala y arrójala al mar, y sin duda en su corazón sino con la fe de que lo que dice va a suceder; le será concedido. Por lo tanto te digo, todas las cosas por las cuales oras y pides, cree que las has recibido y te serán concedidas". El siguiente versículo trata del perdón de los demás en la oración para recibir uno mismo el perdón, así que este pasaje está probablemente conectado con Mateo capítulo 6 que lleva al "padrenuestro", y que tiene las palabras "entra a tu espacio interior, y. . . ora a tu Padre que está oculto". No "tu Padre allá arriba más allá del cielo". Este Dios en quien se les pide a los oyentes que tengan fe es el mismo Dios mencionado en Lucas: capítulo 17, vers. 21: "El Reino de Dios está dentro de ti"* Leer el Nuevo Testamento, tomando todo el significado de esta página, debe clarificar muchas cosas.

Finalmente llegamos al pasaje que contesta principalmente, y pone claro, ese otro pasaje (Mateo: capítulo 6, vers. 7 y 8) con el cual empezamos este estudio. En la historia se conoce como la parábola de la viuda molesta (Lucas: capítulo 18, vers. 1–8).

Esta señora tenía un enemigo a quien ella temía o contra quien sentía que la ley debería protegerla. Así que fue al juez de la ciudad, quien, por su parte, no temía a Dios ni respetaba al hombre. Él estaba inclinado a ignorar la queja de la viuda y no hizo nada. Así que ella volvía donde él y volvió a quejarse, una y otra vez. Al fin, él, quien no temía a nada, le horrorizaba la continua venida de la viuda, y concedió lo que ella buscaba.

Y el Señor dijo, "Oíd lo que el juez inicuo dijo; ahora no tendrá justicia para sus elegidos, ¿quién clamará a él día y noche, y dedicará suficiente tiempo a ellos?

Contrastando esto con el pasaje en Mateo, vemos que en efecto a los oyentes se les dice que digan explícitamente

---

* Todas las otras citas del Nuevo Testamento en este capítulo son tomadas de la Nueva Biblia Estándar Americana. Esta frase es según la versión del Rey James *The New Testimony in the Language of the People*, de Charles B. Williams, que en nuestra opinión hace más claro el significado sobre este punto.

La Nueva Biblia Estándar Americana dice "el Reino de Dios está en usted", lo cual es sustancialmente lo mismo, pero alguna gente lo toma para referirse simplemente a la presencia física de Jesús entre la gente a quien por entonces se le estaba dirigiendo. Esto no resulta, a causa de la declaración inmediatamente anterior a ella, "el Reino de Dios no viene con observancia", (o, "no viene con señales que deben ser acatadas") tendría entonces que ignorar los milagros.

lo que quieren, y que repitan el procedimiento hasta que lo consigan. En cuanto al aviso acerca de la "repetición sin sentido", este es evidentemente un aviso contra la repetición de palabras que no tienen sentido (o que no dicen lo que usted quiere dar a entender) incluso cuando sean proferidas por primera vez.

Así que el Nuevo Testamento aboga por medios espirituales y mentales de satisfacer sus necesidades terrenales.

Sin embargo hay más de una reserva la cual un número de personas está inclinada a sentir con respecto el uso de tales medios. Buscar un artículo necesitado es aceptable para ellos; buscar obtener dinero de esta forma es todavía "sospechoso". En verdad reaccionan como muchos de nuestros ancestros deben haber reaccionado en épocas remotas cuando el trueque era la forma de comercio respetable y establecida.

Indudablemente hubo tal tiempo en el pasado. Puede muy bien haber un tiempo en el futuro en que el uso del dinero no tenga lugar en la cultura reinante. Sin embargo en este tiempo, y en esta cultura, el dinero es el medio aceptado para obtener lo que le hace falta, ya sea que necesite comer o pagar por un seminario sobre meditación.

El dinero, entonces, es algo que normalmente nos atrae en el nivel mental en lugar del emocional, aunque podemos hacerlo fácilmente que nos atraiga en el nivel emocional, no tanto por el mismo, sino por las cosas que queremos hacer con él. Sin embargo, para evitar posibles conflictos internos, necesitamos asegurar la idea de que el dinero no es (tal vez inconscientemente) repugnante a nuestra naturaleza emocional: debido a normas naturales creadas durante la niñez cuando hablar del dinero "no era algo cortés", siendo colocado por alguna razón incomprendida dentro de la misma categoría que las funciones corporales.

En efecto, dentro del organismo político de cualquier nación o comunidad, el dinero tiene una función definida, muy real para ser considerada como metafórica e involucra la clase de simbolismo que satisface el rol que representa.

Así como el suministro de sangre en el cuerpo, el dinero asegura a la persona del poder para vivir y actuar a voluntad en la comunidad. Un joven, que se interesaba en las cosas más profundas de la vida, se le preguntó por su ocupación y enseguida se disculpó: "soy un vendedor de seguros" —seguro de jubilación, seguro para cubrir la educación de los hijos, esa clase de cosas—. Se le señaló que no había razón de la disculpa. Él estaba ayudando a la gente a ver y actuar sobre la importancia de garantizar el flujo de sostenimiento de la vida para aquellos que se jubilaban, para aquellos niños, de manera que pudieran continuar funcionando de forma correcta.

Uno de los principales errores con respecto al dinero es abstenerse de usarlo bien, de acumularlo (claro que esto es diferente de ahorrar para un uso en especial).

Cuando hay pocas ganancias, por lo general no hay mucho peligro: el dinero ganado mediante el trabajo en el mundo material no es en gran parte "ganar" sino "intercambiar", mientras que cualquier cosa ganada por la actividad astral, como hemos dicho, usualmente es transitoria. Sin embargo, en las ganancias activadas desde un alto nivel (serán suyas para emplearlas como mejor le parezca), es importante "mantenerlas en circulación".

De igual forma que cada parte de su propio cuerpo opera como parte del plan de su total sistema de vida, así estará operando como parte del plan del cosmos.

Así que si usted fuera a guardar sus ganancias, estaría poniéndose literalmente fuera de circulación; alejándose de la corriente de la vida. "Use bien y prudentemente cualquier cosa que le atraiga, y (para repetir) mantenga la circulación.

Un gran libro podría escribirse sobre el uso ético del dinero, pero, necesitamos mirar estos principios fundamentales para ver que en nuestra cultura, como es ahora y como se ha estado desarrollando durante siglos, el mal uso del dinero es (como el de cualquiera de los recursos de la tierra) el mal uso de una cosa que es buena en sí. Si necesitamos dinero para desarrollar nuestra propia forma de vida, para expresar y evolucionar nuestra propia personalidad, hacemos lo correcto para buscar esto de fuentes mayores. John Wesley (1703–1791), un hombre de gran capacidad espiritual así como de habilidad práctica, cuando una vez se le pidió qué consejo básico daría a sus seguidores sobre el tema del dinero, contestó brevemente.

"Consiga todo el que pueda. De todo lo que pueda".

Dejemos ahora el tema del dinero y pensemos cómo podríamos aplicar este mismo principio a otras manifestaciones de la fuerza vital, tales como la fortaleza, la curación, la visión interior, la expresión a través de las artes, el conocimiento, la enseñanza, la sabiduría y la guía, entre otros. Hay muchas formas y modos en el cual se puede dar; pero en todos los casos, para que pueda continuar la operación necesitará mantener y llevar su propia relación con fuentes superiores.

Naturalmente, no tiene que adoptar todas las formas de dar que hemos mencionado. Usted puede "mantener la circulación" sin hacer ninguna de ellas específicamente. Piense cuánto bien le haría a la gente si tan sólo conociera a alguien que fuera irradiando vitalidad, confianza, optimismo, y amistad. El "alguien" puede ser un doctor, una persona en la calle, un estudiante —no importa quien— él o ella puede alegrar el día a mucha gente. Pero solamente si la vitalidad y el resto de ella está realmente allí para dar.

Cuando tiene la fuerza vital fluyendo en abundancia por su camino, esa es la clase de persona que usted será.

Esta abundancia, esta canalización continua de poder de niveles superiores hacia el exterior, no sólo ayudará a ser realidad sus necesidades más fácilmente imaginadas. Piense en el beneficio general que puede llevar a su vida mental, a su vida emocional y a su vida corporal. Piense en el beneficio para su salud, para su tono corporal.

Mucha gente está acostumbrada a "no estar enferma" que cuando descubren el gran potencial de la visualización creativa, ni siquiera se les ocurre que la buena salud es una de sus necesidades. Así que, en sus sesiones de visualización creativa (y en otros momentos) dedique un momento para verse, para experimentar su vida, tan saludable, fuerte, confiado, equilibrado, atractivo y radiante.

¿Cómo se hace esto? Se puede hacer de una docena de formas, pero aquí hay una forma probada y valiosa, que puede formar una parte integral en su programa de visualización creativa.

¿Qué queremos decir con "niveles superiores"? Finalmente, se imagina un nivel superior, del cual emana todo lo demás que llega a usted. Gente diferente daría nombres diferentes, todo con connotaciones algo diferentes:

Dios

La llama divina dentro de mí

Mi yo superior

Mi amigo divino (o amante)

Mi Ángel guardián

Si tiene conocimientos sobre Cábala, yoga u otras enseñanzas de sabiduría, puede tener un nombre o concepto favorito para especificar aquí. Si no tiene o no se siente seguro, el yo superior probablemente es su elección más cercana.

Su yo superior no debe ser confundido con su yo inferior, pero igualmente, tiene que ver completamente con usted. Es una chispa de la mente divina y está en perpetua armonía y unidad con esa mente, pero nunca necesita estar perturbado por pensamientos de que esté demasiado ocupado cuidando millones de personas, o en catalogar las galaxias, para cuidarlo a usted.

Usted y su destino son importantes. Es importante para su yo superior. El desarrollo interno no es competitivo. Su progreso no está suprimiendo a nadie más —es todo lo contrario—.

Entonces, ¿dónde está esta gran fuente? O más bien, ya que es una realidad espiritual y no material, ¿dónde la imaginaremos que está?

Si está hablando acerca de Dios, probablemente va a decir "allá arriba". Si está hablando acerca de la llama divina, probablemente va a decir "aquí dentro". Si está hablando de su yo superior, podría decir cualquiera de los dos. Uno u otro está bien. Y ninguno es realmente adecuado, pero "allá arriba" y "aquí dentro" al menos le dan algo que puede imaginar.

De cualquier forma, esté erguido con los pies juntos, los brazos colgando libres, y comience su respiración rítmica.

Imagine una luz intensa blanca, centelleante y pulsante, que brota de algún lugar profundo dentro de usted —desde su psiquis— inundando cada parte suya, física y no física, y que emana de su superficie corporal, extendiéndose a su alrededor rodeándolo en una forma elíptica de blancura luminosa y llena de vitalidad.

O, vea la fuente de esta luz maravillosa como un globo blanco resplandeciente en algún punto sobre su cabeza. De este globo la luz resplandeciente y pulsante desciende e impregna cada parte de su ser físico y no físico, extendiéndose a su alrededor rodeándolo en una forma elíptica de blancura luminosa y llena de vitalidad.

De cualquier forma, experimente esta luz no sólo como un resplandor intenso que todo lo impregna, sino como un calor pulsante parecido a la luz poderosa del Sol pero que es beneficiosa. La paz, la felicidad y la completa confianza saturan su psiquis y lo rodean, al mismo tiempo que la luz blanca y el poderoso calor lo envuelven en su totalidad.

Aunque la luz lo rodea e impregna completamente, puede concentrar la atención en diferentes partes. Véala correr, brillando y vitalizando a través de su cuerpo físico. Siéntala, purificando y calentando, a medida que penetra su hombro entumecido o cualquier otra área que pueda estar molestándolo. (Continúe su respiración rítmica a medida que hace esto). Sienta su influencia, tranquilizando y energizando enseguida, completamente hasta las puntas de sus dedos de manos y pies así como en las profundidades de su psiquis. Después de un tiempo, cuando se sienta tranquilo en su contemplación, puede dejarla desvanecer suavemente de la conciencia. Más tarde en este libro leerá cómo combinar la experiencia de llenarse de la luz del yo superior con las prácticas más poderosas de la visualización creativa. Sin embargo, esta práctica es y seguirá siendo de eminente importancia en su vida. Esta es una forma en que puede sentir y conocer sólo un poco de la benevolencia de su yo superior hacia usted. Experiméntela tan plenamente y tan a menudo como pueda —diariamente o frecuentemente— y sepa que usted vive y se mueve dentro de él.

· · ·

Punto de control

- Continúe practicando la visualización como se ha venido desarrollando (vea los puntos de control del capítulo 3).

- Continúe practicando la relajación Creativa.

- Aproveche cada oportunidad para utilizar la respiración rítmica.

- Quizás no reconozca los cuatro niveles de su existencia, pero debe tratar de entenderlos en sus propios términos, qué significa cada uno de ellos en su vida. Repita este esfuerzo de vez en cuando ya que es probable que se desarrolle su conciencia de los cuatro niveles.

- Experimente la luz que todo lo impregna de su yo superior como se describe al final de este capítulo, escogiendo de los dos métodos el que le sea más natural. "Mantenga la circulación" por medio de esta diaria experiencia (o más frecuentemente) para su propio beneficio y el de los demás.

- Si las enseñanzas del Nuevo Testamento le son de importancia personal, examine a fondo (en particular) los cuatro evangelios y Los Hechos de los Apóstoles; vea cuántas veces se invita a la gente a beneficiarse en sus vidas materiales por medio del poder divino. Haga anotaciones de sus textos favoritos.

5

Abundancia espiritual

Puntos de estudio

1. Todo llega a usted por medio del yo superior.

    a. El poder del yo superior está en los niveles conscientes e inconscientes de su psiquis.

    b. La acción tiene lugar en los niveles del universo externo.

2. No especifique una fuente de suministro en el mundo material para lo que usted quiere:

    a. Porque la fuente real está a nivel espiritual.

    b. Porque lo que parece ser la fuente material más obvia puede no ser la correcta.

3. Evite enredar su naturaleza emocional con falsos deseos.

   a. Le quitan su tiempo, su energía, su atención y su concentración.

   b. Le quitan parte de su poder de decisión y de resolución.

   c. Le quitan la paciencia.

4. Nunca ofrezca un precio en su visualización creativa.

   a. Cuente con lo que necesita de la abundancia del universo.

   b. Cualquier concepto de "regateo" para lo que quiere limita su visualización creativa a un nivel por debajo del yo superior.

   c. Confíe que logrará sus deseos. Cualquier limitación (temor, ansiedad, negación del valor de su autoestima) cierra la puerta al yo superior.

• • •

¿De dónde viene todo lo que obtiene por medio de la visualización creativa?

En lo que tiene que ver con el mundo material, una cosa viene de una fuente y otra de otra; pero para los propósitos de su visualización creativa, no necesita estar, y no debería estar preocupado por nada excepto la fuente espiritual de suministro. Esto hará su práctica más simple, y por lo tanto más efectiva, si piensa en la fuente de suministro como la que efectivamente le trae estos beneficios. Hay, como hemos indicado, varias formas en las cuales puede concebir y llamar a esta fuente. Tiene que designar al ser superior con quien personalmente tiene una relación directa y profunda.

Durante el resto de este libro, para resumir nos referiremos a esto simplemente como el yo superior.

Cualquier cosa que decida visualizar, ya sea material o no material, llegará a usted desde la fuente espiritual.

Por medio del poder de esta fuente encausada a través de los niveles conscientes e inconscientes de su propia psiquis, la acción tiene lugar en los niveles correspondientes del universo externo, para efectuar la presentación suya en el nivel terrenal de lo que ha imaginado. Por eso es que puede afirmar que lo que visualiza es suyo ahora.

Astralmente es suyo, porque lo ha implantado en la realidad astral; mental y espiritualmente es suyo porque está activando esos niveles por medio de sus propias fuerzas mentales y espirituales de modo que lo que crea astralmente será hecho materialmente.

Si ha leído otras obras sobre visualización creativa, habrá notado que hay casi siempre una prevención contra especificar o visualizar una fuente de suministro en el mundo material para lo que quiere; pero casi nunca se le da una razón para esta prevención. Hay en efecto dos razones para ello, ambas muy importantes.

La primera razón de por qué no debe especificar o visualizar una fuente material de suministro para lo que está buscando, es que al hacerlo podría fácilmente oscurecer su percepción, o incluso su fe en la fuente espiritual de suministro. La segunda razón es que lo que le parece la fuente material más obvia, puede no ser la correcta, y de este modo podría estar causando demora y desperdiciando esfuerzo al pedir a la fuente equivocada.

Hace algunos años, en Londres, Inglaterra, un erudito autodidacta estaba ahondado en su propia línea de investigación en la alquimia tradicional, un tema difícil en cualquier circunstancia. Él había encontrado una pista vital que señalaba los escritos de uno de los filósofos medievales menos entendidos, pero, aunque investigó a través de su propia colección de libros y a través de catálogos de muchas bibliotecas públicas, no pudo encontrar un medio de seguir más esta línea. En efecto, cada bibliotecario con quien hablaba sobre el tema, lo miraba fijamente como si acabara de salir del Arca de Noé; así que resolvió ensayar la visualización creativa.

Lo que él necesitaba era información sobre el filósofo medieval (a quien llamaremos Dr. Susconditus). Él solicitó un libro sobre las enseñanzas del Dr. Susconditus. Ahora, los libros son cosas excelentes, pero hay libros y libros; y algunas veces un tema es mejor enfocado de otras formas.

Semanas después de que él había empezado su práctica de visualización creativa, uno de los bibliotecarios que había contactado le envió una circular de un editor europeo, que anunciaba una tirada de impresión de un primer folio de uno de los principales trabajos del doctor. Nuestro amigo llevó este folleto a una librería, donde ordenó la publicación.

Cuando él recibió el libro meses después, para su consternación encontró que su tamaño era tan reducido en comparación con el original que era prácticamente ilegible, aparte del hecho de que el latín del Dr. Susconditus, famoso entre los medievalistas, era muy diferente del latín clásico de los días de escuela de nuestro amigo. En efecto, él había desperdiciado tiempo y dinero en vano.

Sin embargo una cosa era clara: su visualización creativa había funcionado. Nuevamente empezó con una declaración diferente: quiero aprender las enseñanzas del Dr. Susconditus.

El siguiente fin de semana, paseando cerca del río muy de mañana como disfrutaba hacerlo, empezó a conversar con un joven que casualmente admiraba el panorama un poco frío. Para sorpresa de ambos, pronto estaban concentrados en la discusión de los intereses secretos que evidentemente compartían. Un rato después durante el desayuno, el joven mostró su preocupación por encontrarse lejos de Londres y, habiéndose perdido accidentalmente, no tenía ni idea de qué hacer al respecto. En efecto, él había entrado en pánico. Nuestro amigo le ofreció su ayuda y hospitalidad hasta que llegara la respuesta monetaria del padre. Con gratitud el joven extraño contestó: "si alguna vez hay algo que pueda hacer por usted. . ."

De repente nuestro amigo oyó a su propia voz decir espontáneamente, "lo que quiero es aprender las enseñanzas del Dr. Susconditus".

No hay problema, contestó, "conozco al hombre que puede ayudarlo, y es quizás la autoridad viviente más grande sobre el Dr. Susconditus en el mundo de habla inglesa. Yo fui su discípulo hace mucho tiempo. Sé que a él le incomodan mucho las entrevistas y odia la publicidad, pero si le escribo probablemente lo atenderá.

Así se dispuso, y nuestro amigo obtuvo respuestas a sus inquietudes.

Por lo tanto, (1) especifique exactamente lo que quiere, pero también (2) no especifique una fuente material de suministro. Sin embargo, hay más de eso que debe ser aprendido de esta historia. Como con tantas de estas historias de la vida real acerca de la visualización creativa exitosa (y un gran número podría contarse) puede darse cuenta de una calidad casi legendaria acerca de la narrativa. No hace diferencia si estamos tratando con caracteres de siglos atrás o gente de hoy día, no hay diferencia cuál sea su edad, o sexo, o clase social, todos parecen haber sido cogidos de momento en un mundo de luz dorada y de exactitud de discurso y acción. Sí, existen historias verdaderas. Usted mismo puede haber experimentado momentos en la vida cuando consciente ha sabido que "no podría equivocarse".

Esta es la característica de una conexión entre su mente racional y el nivel arquetipo de existencia, lo cual significa que verdaderamente usted está actuando con poder, el poder canalizado desde el yo superior. Algunas veces, por supuesto, esto puede suceder cuando no está consciente de ello; al menos no hasta que vuelva a mirar después al episodio. Pero cuando está consciente de ello, es muy instructivo.

Cuando tenga conocimiento de este vínculo directo con el yo superior en acción arquetipa (como si estuviera viviendo en realidad a través de la elaboración de algún antiguo mito) probablemente usted no va a caer en los otros errores que van a ser descritos aquí.

Además, aún sin que haya ganado esta conciencia cuando esté visualizando, será fortalecido en gran manera por su resolución, concentración y paciencia ayudada por la respiración rítmica y la relajación creativa. Una de las fallas que deben evitarse —lo hemos mencionado antes— es la confusión de la tensión nerviosa con la intensidad emocional. No sólo la tensión nerviosa es destructiva de las cualidades mencionadas antes, es una negación implícita (si lo considera) de esa creencia en el éxito que es una parte de la visualización creativa. Usted sabe que está construyendo astralmente, y está infundiendo con la realidad espiritual, aquello que va a llegarle en el mundo material. La tensión es el preludio natural a la acción —pero usted ya está tomando la acción que va a ser efectiva— así que ¿para qué necesita la tensión? Desee fuertemente, pero no con sus nervios.

La tensión acumulada y prolongada es una señal de temor, de frustración, de ansiedad. Respire rítmicamente, relájese, sonría y destierre la tensión.

Otra falla contra la cual debería estar prevenido es la de permitir que su naturaleza emocional se acumule con falsos deseos. Puede suceder fácilmente en estos días cuando la continua publicidad y la opinión pública (usualmente de un producto igualmente artificial) tratan de decretar lo que le gusta y lo que quiere.

Esto no quiere decir que debería ignorar completamente todo tipo de información. Los anuncios publicitarios son una parte importante de las noticias del mundo.

Los buenos consejos tampoco no deben ser ignorados. Usted puede haber puesto en su mente que quiere (digamos) una casa y un automóvil; pero ¿cuál es primero?, y ¿de qué clase, dónde y cuándo? Estas son preguntas en las cuales las opiniones de otra gente además de sus propios deseos pueden bien valer la pena conocer.

Lo que hay que evitar es ser como la persona que va a un almacén a comprar un abrigo, y regresa con diez vestidos en su lugar, todas son "gangas", pero cinco de ellos no le quedan y el resto no le gustan. Estamos aquí refiriéndonos, por supuesto, no sólo a comprar cosas, sino a comprar deseos, o dejar que sugerencias y deseos sean atribuidos a usted cuando no son suyos y no los quiere.

Estos falsos deseos y ensueños sí le cuestan algo, y es algo valioso para usted. Le cuestan tiempo, energía, atención, concentración y parte de su poder de decisión —cualidades que necesita para su visualización creativa—.

Así que siempre véase feliz, próspero, tranquilo, saludable y socialmente exitoso, pero sólo dé atención detallada a aquellos aspectos de la imagen que siente que debería tener en este momento, y frecuentemente recuerde la existencia de su fuente espiritual de suministro.

Una situación de crisis puede ser muy efectiva al ayudarnos a suprimir las barreras e identificar y actuar para que el siguiente objeto de requisito nos saque de la crisis; pero es precisamente en este momento en la cual se debe estar muy prevenido contra la ansiedad, la duda y la tensión. La historia de Annie Z. puede ser aquí un ejemplo útil. (Aunque la mayoría de nuestras historias de visualización creativa vienen de gente de clases sociales desvalidas, no es de ningún modo una señal que no puede ser usada por individuos en situaciones seguras y prósperas. Frecuentemente, las cosas que la gente en estas condiciones desea no son fácilmente adquiribles: —un hombre tiene un raro jarrón antiguo al cual sólo le falta la tapa: una chica tiene una enfermedad nerviosa que la mayoría de los especialistas más famosos no han curado; el fabricante de un producto químico busca un buen uso para una sustancia de desecho. Tal gente puede, y en muchos casos lo hace, usar exitosamente la visualización creativa. Las condiciones para el éxito son las mismas para todos. Pero su éxito no se exterioriza de la misma manera. Muchos utilizan la visualización creativa todo el tiempo, pero mantienen sus éxitos como su propio "secreto" personal.

Volvamos a los desvalidos, y aunque nadie que conociera a Annie Z. lo habría sugerido, ella personalmente nunca pensó en sí misma de esa forma. Durante un número de años, ella vivió la vida de una chica culta y soltera, y la principal diferencia entre ella y sus amigos era que ellos no se habrían atrevido a molestar sus inversiones y ella no poseía ninguna por la cual molestarse. Pero nuevamente esto no tenía lugar en sus pensamientos: tengo todo el oro en el Sol, decía ella, y visualizaba todo lo que necesitaba como llegando a ella de esa fuente radiante. (Claro que funcionó).

Los efectos eran continuos y sorprendentes, pero relativamente pequeños, aunque todos contribuían a su estilo de vida. Un día se enteró de que iba a perder su apartamento, porque el edificio en el cual estaba situado debía ser demolido.

Ella se mantuvo serena: todo el oro en el Sol no iba a fallarle ahora. Temporalmente detuvo sus trabajos secundarios de visualización creativa: los tiquetes de cortesía de teatro, los peinados elegantes para los cuales algunas veces modelaba, los recortes de telas exclusivas y todo lo demás. Ella se visualizó en un apartamento parecido al que tenía, salvo en un aspecto que quería cambiar. El viejo edificio no tenía elevador; no le importaba su antigüedad, pero estaba harta de las escaleras. Estaba dispuesta a vivir en el primer piso, así que se imaginó un apartamento en un primer piso, y rayos solares con manos en lugar de un *disco aten* de las pinturas egipcias que alguien le había regalado. También se imaginó decorando el apartamento como le gustaría, porque hacer algo que en seguida marca algo como propio es una forma poderosa de reclamar derecho sobre él.

Un par de semanas después una amiga le mencionó que un sobrino de su esposo venía del exterior como estudiante, y el esposo había reservado un apartamento en el primer piso en una propiedad de la cual eran dueños; el muchacho podría tenerlo a cambio de su redecoración y de trabajo con la atención de la caldera. Annie supo que ese era la clase de lugar que estaba buscando, pero, al darse cuenta de la abundancia en el mundo para todos, no intentó arrebatar la buena suerte del joven estudiante.

Semanas más tarde el esposo de la amiga contactó a Annie para preguntarle si estaría interesada en el apartamento en los mismos términos. El sobrino había cambiado de parecer y había optado por vivir en una residencia para estudiantes y tener la compañía de chicos de su propia edad.

Esto nos lleva al siguiente tema en el cual debe darse una advertencia. No importa si se tiene que pagar por aquello que ha estado haciendo visualización creativa. Si no puede pagar, ignore la oferta y continúe con su programa de visualización: esta primera manifestación de una respuesta no es la única para usted.

Lo que usted quiera ofrecer, hágalo libremente sin esperar retribuciones. Sólo de esa forma no se arrepentirá.

Cuando ha iniciado cualquier programa de desarrollo interior, nunca debe, incluso en conversaciones casuales, decir: "daría cualquier cosa si tan sólo. . ."

Tal deseo sólo puede surgir del temor; el temor de que algo no va a suceder a menos que se ofrezca algo a cambio. Este impulso es engañoso. Esto nos coloca en una posición débil, no fuerte. La única posición fuerte es la de total confianza, sin pagos ni compromiso. Lo que deseamos llegará a suceder porque claramente lo hemos imaginado, y porque infundimos esa imagen con el poder del yo superior.

Una de las barreras que mucha gente coloca en contra de sí misma es la barrera de la "conciencia". Se hace una objeción afirmando que no deberían tener esto o aquello porque no han hecho nada para merecerlo; o peor aún, piensan que no deberían tenerlo a causa de algún error pasado y por lo tanto deberían privarse y castigarse.

Esta idea de algún deber de autocastigo es completamente contrario a la verdad espiritual de la materia.

Su yo superior no pregunta lo que merece.

Los conceptos de recompensa y castigo son muy convenientes y, usualmente, formas efectivas de regular la conducta humana en el mundo material. Los animales pueden hasta algún punto estar condicionados para responder a ellos también. Pero no van más alto que eso. Está muy bien que tenga una conciencia; pero es una parte del yo inferior, no de su yo superior. Usted está condicionado en gran parte por lo aprendido durante la niñez, y también por sus experiencias y observaciones personales en el mundo.

Esa es la razón por la cual la conciencia varia de persona a persona. Su conciencia no es la voz de Dios, y nunca debe pensar que tiene derecho a castigarlo. La voz real de Dios —la llama divina que es su yo superior— es aquella que lo elevará hasta donde se deje levantar, prodigará amor en usted hasta donde esté dispuesto a recibirlo.

Incondicionalmente.

Si ha sido injusto con alguien, debe hacer restitución a esa persona, ya sea por medio material o espiritual según las circunstancias.

Pero lo que haga debe ser hecho enteramente para beneficio de esa persona, sin privarse usted mismo de algo.

Dos males no hacen un bien.

Ámese, perdónese y libérese.

En el volumen I de *The Magical Philosophy*, hay un planteamiento general sobre la autocrítica la cual puede ser útil aquí: "Nunca debemos juzgarnos a nosotros mismos; particularmente con palabras como soy injusto, soy perezoso, soy deshonesto". La esencia y vida del alma está en acción y movimiento, no en una condición estática. Lo mismo se aplica a las llamadas virtudes.

La autolimitación le cierra la puerta al yo superior. Es, además, una escandalosa parodia de la cristiandad, y cuyo propósito inicial era liberar a sus creyentes de falsas restricciones. Pero ya hemos dicho algo de las verdaderas enseñanzas de la cristiandad en el capítulo 4.

Nadie puede afirmar que vive sin temor todo el tiempo, particularmente cuando algo importante todavía no se manifiesta en el nivel material de existencia. Somos humanos, y no se espera que vivamos de esa manera. Sin embargo, si un temor puede ser suspendido mientras dure la visualización creativa, probablemente encontraremos que nuestra renovada confianza durará mucho más tiempo. Aquí tenemos varias ayudas; no hay sólo respiración rítmica y relajación creativa, pero también debemos recordar el uso del poder de la canción.

Cante al menos en su corazón, cante la tonada o incluso la letra en voz alta si es posible; no para que los demás la analicen, sino para decirse lo que sabe. La canción es algo que entienden los niveles inconscientes porque su atracción es emocional.

El rey Alfredo (848–900 D. de C.) fue llamado "El Grande" por algo más que ser rey y luchador contra los daneses. En su tiempo él tradujo varias obras didácticas del latín al inglés, y recopiló dos libros (uno de los cuales sobrevive) de dichos y escritos que en particular le atraían. Uno de los secretos de su valor nos es conocido, y es descrito así hoy en día:

> *Si tienes un pensamiento temeroso,*
> *a una persona sin carácter no le digas:*
> *a la perilla de tu silla susúrrale,*
> *y cabalga cantando.*

• • •

Punto de control

- Continúe con sus prácticas básicas en Visualización, relajación y respiración rítmica.

- Experimente la luz que todo lo impregna de su yo superior y continúe la circulación.

- No defina una fuente material de suministro para lo que planea ganar por medio de la visualización creativa: sea consciente de la fuente espiritual.

- No cultive la tensión nerviosa (destructiva) en lugar de la intensidad emocional (creativa). Respire rítmicamente, relájese y sonría.

- No cultive falsos deseos: tenga muy claro en la mente cuáles son sus verdaderas metas.

- No negocie con el mundo invisible. Reciba libremente y dé libremente.

- Nunca piense en ninguna privación como castigo. El yo superior sólo ama y da.

- Si le preocupan las dudas o temores, no les dé más importancia de lo que debe. Hágalos callar: cante sus esperanzas.

6

La escalera al éxito

Puntos de estudio

1. La visualización creativa le permite planear el resto de su vida.

    a. La satisfacción de cada necesidad debe llevarlo un paso más allá hacia el logro total de sus metas reales.

    b. Los planes paso a paso hacen el logro de sus metas más fácil.

    c. Tales planes también hacen más fácil lograr los suplementos sin desordenar la línea principal de su progreso.

2. El trabajo de base de cada proyecto de visualización creativa analizado:

   a. Sueñe despierto muchas veces. Véase disfrutando de lo que va a lograr.

   b. La relajación creativa es vital para la vida saludable. Contrarreste cualquier ansiedad que pueda sentir al empezar un proyecto.

   c. La respiración rítmica debe ser parte de su vida normal. Trabaje con ese ritmo.

   d. El método de visualización creativa simple (capítulo 3): incluya éste al comienzo de cada nuevo proyecto. Será reemplazado por la técnica de cargado.

   e. Cante a su objetivo.

   f. Experimente la luz de su yo superior (capítulo 4).

3. La técnica de cargado:

   a. Siéntese con la columna erguida en posición equilibrada.

   b. Relájese.

   c. Respire rítmicamente.

   d. Visualice su objetivo como si estuviera contenido dentro de un círculo blanco.

   e. Llénese con la luz del yo superior.

   f. Vea el objeto visualizado brillar con la luz a medida que su resplandor disminuye.

   g. Cárguelo con palabras.

   h. Deje que la imagen cargada se desvanezca de su visión.

4. El método maestro de la visualización creativa combina trabajo de base con la técnica de cargado. El método maestro puede ser aumentado más con técnicas como:

    a. La quema de una vela y el funcionamiento de la escala planetaria como procedimientos para unir los niveles inferiores de la psiquis.

    b. La técnica de cargado puede ser usada en combinación con las técnicas divinatorias simples de manera inversa, para producir una condición deseada.

· · ·

Además de los beneficios directos recibidos por la visualización creativa, también disfrutará de efectos secundarios. La satisfacción de cada necesidad específica a su vez le llevará a una etapa más lejos hacia el logro de sus metas.

Considerado de esta forma, es como construir una escalera; cada peldaño está conformado por bloques, y cada peldaño a su vez lo eleva en dirección de su propósito principal.

Como ejemplos, tomemos las variaciones de dos hombres sobre el patrón familiar casa y automóvil. (Ver página siguiente).

Esto no significa que todos sus programas de visualización creativa tienen que ser utilitarios. Los ejemplos parecen muy prácticos porque hemos enseñado solamente su estructura esencial: las partes que se conectan entre sí son una unidad progresiva. No hemos mostrado cómo y dónde el primer individuo visualizó y obtuvo el bote que quería para sus hijos, ni hemos considerado el proyector de películas del segundo sujeto. Es más fácil adquirir tales cosas sin afectar su línea principal de progreso.

Sin importar lo que esté visualizando en el momento, puede usar el objetivo en su último escalón —o un símbolo que le representará ese objetivo— para simbolizar toda su escalera. Esto también le ayudará a tomar firmes decisiones si aparecen alternativas de ascenso; no sea esclavo del plan establecido; otras vías pueden resultar ser mejores o más rápidas, pero asegúrese que el nuevo camino pueda llevarlo a donde quiere.

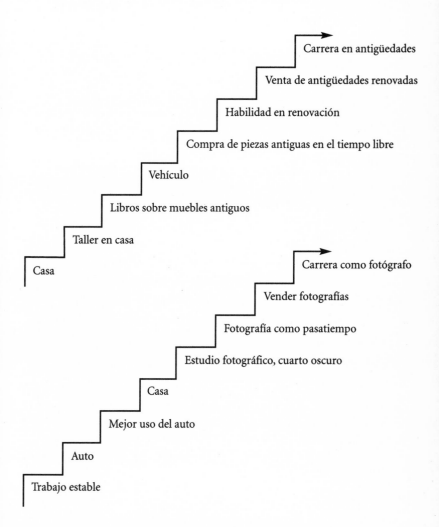

Ejemplos de la escalera del éxito

Las dos razones que hemos dado para la intensificación del éxito en la visualización creativa pueden ser analizadas posteriormente. Primero debe tomar nota de lo siguiente.

1. Su confianza en la visualización creativa se incrementa tan pronto como experimenta sus beneficios. Su imaginación y niveles inconscientes por consiguiente rechazarán cualquier imagen de viejos fracasos.

2. De esta manera logrará más fuerza y se tornará más generoso: generoso no sólo en dar, sino también en tener esperanzas, en imaginar, en juzgar, en cada aspecto de su vida interior. Quizás no lo note, pero las esperanzas limitadas, las opiniones obtusas y los juicios mezquinos surgen de temores.

3. Su confianza en el éxito se expande. Mientras no trate de explicarlo o alabarse a sí mismo, los individuos a su alrededor querrán ayudarle a lograr más éxitos. Su éxito es el ensueño de ellos, y de esta manera sin saberlo, muchos visualizarán creativamente más éxitos para usted.

4. En estos momentos usted está ayudándolos de la misma manera que la gente generalmente ha sido ayudada por viejas historias: el hijo menor que terminó como el más afortunado de la familia; la pobre cinderela que se casó con un príncipe; los mitos y leyendas y los cuentos de hadas. Las personas sienten la ayuda cuando ven que tales cosas suceden en la vida real.

5. Como resultado de la ayuda recibida, se experimentará el libre flujo de la abundancia del universo, cambiarán las actitudes hacia la vida, y se extenderá la circulación de los beneficios materiales y espirituales más de lo que usted solo podría lograr. Los beneficios espirituales y materiales son todos formas de energía, por lo tanto hay más y mejor vida para todos, incluyéndolo a usted.

Cada nuevo proyecto de visualización creativa debe empezar con la etapa del ensueño. No importa qué tan experimentado pueda ser, no se precipite o escatime esta temprana alimentación del proyecto y la concentración de sus motivaciones emocionales. Véase disfrutando lo que va a ganar por medio de la visualización. Practíquelo antes de ir a dormir, después del almuerzo, durante una ducha caliente, de cualquier forma que quiera, pero hágalo real, aún si esta es su nonagésima visualización exitosa.

El plan creativo de relajación está allí para ayudarle. Más tarde en este libro hay algunos programas basados en él, y su práctica es enteramente su elección. Sin embargo, es recomendado para contrarrestar la ansiedad sentida a menudo en las primeras etapas de un proyecto de visualización creativa.

El método simple de visualización creativa dado en el capítulo 3 es una de las etapas a través de las cuales debe llevar cada nuevo proyecto de visualización.

Cantarle a su objetivo puede hacerse todo el tiempo o a cualquier hora, desde el comienzo hasta el fin del programa. Cantar, tararear, canturrear, murmurar o decir mentalmente la canción es bueno para el proyecto y para usted también.

La técnica de cargado

Hasta ahora usted ha alimentado su objetivo de visualización creativa desde las primeras imaginaciones hasta la forma y propósito bien definidos. Ahora el proyecto es avanzar un peldaño en su "escalera del éxito", ya sea para los negocios, la salud o placer.

Siéntese con su columna recta, los pies uno al lado del otro, las manos sobre los muslos. Cierre los ojos.

Relájese manteniendo la columna recta y equilibrada. Comience y mantenga la respiración rítmica.

Visualice su objetivo.

Cargue el objetivo visualizado con el poder de su yo superior. Esto es muy importante para efectos reales y durables en el mundo material.

1. Visualice su objetivo contenido en un círculo blanco. (No debe ser muy brillante o radiante, sólo parecido a la tiza o pintura blanca, pero que contenga completamente el objetivo visualizado).

2. Ahora llénese de la luz de su yo superior de la forma que ha escogido según los dos métodos dados en las últimas páginas del capítulo 4. Experimente esto como luz blanca y calor brillante en su ser y su alrededor. Puede no ser fácil al comienzo sin "perder" su imagen visualizada en el círculo, pero entre más atención haya prestado para llenarse con la luz, más fácil lo logrará. No tiene que mirar la luz que lo llena para estar consciente de ella, así como no tiene que mirar y averiguar cuando alguien enciende la luz en la habitación donde se encuentra.

Después de llenarse con la luz de su yo superior, transfiera esta luz a su objeto visualizado. Para hacer esto, empiece por retroceder de su imagen visualizada, para formar una pequeña distancia entre ella y usted, dejándola suspendida en el aire por decirlo así. Este retroceso puede al principio ser un ligero movimiento físico, pero pronto se acostumbrará a hacerlo en la imaginación. Vea el objeto visualizado volverse cada vez más brillante, mientras percibe menos el resplandor en sí mismo. La imagen, todavía claramente visualizada, se vuelve incandescente con la luz pulsante, pero el resplandor no pasa más allá de los límites del círculo blanco que ha visualizado alrededor de él. Usted está cargando la única imagen que ha formulado para el propósito y nada más. Diga mientras tanto:

Con la luz de mi yo superior cargo esta imagen,
que será realizada para mí en el mundo material.

Mantenga visualizada la imagen llena de luz en su círculo durante un corto tiempo (unas pocas respiraciones rítmicas bastan para una actividad interior similar). Luego déjela desvanecerse lentamente.

Mantenga su respiración rítmica durante un rato después de que el desvanecimiento esté completo, luego suavemente retorne su conciencia al mundo exterior.

Esta es la forma poderosa de llevar realidad a su visualización. Tómese tiempo para considerar esto.

Lo que se le ha sugerido es llenarse de la luz de su yo superior. Energizar con esta luz su objetivo visualizado y rodearlo.

Esto ha sido durante mucho tiempo, tanto en el Oriente como en el Occidente, un secreto importante que ha sido protegido cuidadosamente en una sucesión de cultos, y que, incluso para sus fieles, ha sido expuesto sólo en lenguaje rodeado de secreto. Tales secretos a menudo han sido llamados mágico-religiosos. Nosotros preferimos llamarlos simplemente psico-físicos, porque se derivan de una comprensión de la psiquis y la sabiduría de su naturaleza inherente.

Cuando sea hábil en la práctica de visualización creativa, no habrá nada que pueda oponerse a usted.

Considere Lucas, capítulo 11, versículos 34–36: "La luz del cuerpo es el ojo; por lo tanto cuando tu ojo es bueno, también todo tu cuerpo está lleno de luz; pero cuando tu ojo es maligno, tu cuerpo está en tinieblas. . . Si todo tu cuerpo está lleno de luz, sin parte alguna de tinieblas, todo será luminoso, como la llama de una vela que alumbra con su resplandor".

Considere también estas palabras de Pey de Mylapore (Madras), uno de los músicos santos medievales cuyos himnos están todavía en uso popular entre los hindúes de hoy: "Iluminando en mi corazón la lámpara del conocimiento, lo busqué y atrapé: silenciosamente el señor de los milagros entró a mi corazón y se quedó allí sin salir".

El Dr. Carl Simonton afirmó en un notable artículo de su autoría y de Stephanie Mattews-Simonton en el *Journal of Transpersonal Phychology* No. 1 (1975), "Belief Systems and Managment of Emotional Aspects of Malignancy" (sistemas de creencia en el manejo de aspectos emocionales malignos): "No he encontrado ningún paciente [que mostrara disminución espontánea de los síntomas de cáncer, o respuestas inesperadamente buenas] que no haya experimentado un proceso similar de visualización. Podría ser un proceso espiritual. Dios curándolos, arriba y abajo de todo el espectro. Pero lo importante era que describían la forma que veían las cosas. La respuesta fue positiva sin importar su origen.

La siguiente historia verdadera es dada en el volumen III de *The Magical Philosophy*: "Un joven era motivo de gran preocupación para su madre debido a su pasatiempo de escalar rocas. Sin embargo, ella no se permitía volverse presa de su preocupación, hasta que una noche tuvo un sueño horroroso y muy intenso en el cual lo vio luchando por recobrar su equilibrio en una saliente angosta de la cual cayó después. Luego de despertar de esta pesadilla, la madre era perseguida por la imagen mental. Una y otra vez la veía en su imaginación, pero el aspecto más espantoso del asunto era su certeza de que este sueño era alguna clase de premonición de un suceso físico inminente. Cuando el recuerdo de su sueño la subyugó, en lugar de tratar de disiparlo ella lo aceptó, y con gran valor observó pasivamente en su imaginación los sucesos preliminares. Entonces, en el momento crítico, ejerció toda su voluntad para cambiar el clímax: visualizar a su hijo recuperando su equilibrio y poniéndose a salvo".

"Cada vez que la imagen mental regresaba, hacía el esfuerzo de cambiarla de esta forma, hasta que tuvo éxito completamente y el horror se desvaneció".

"Tiempo después, su hijo volvió de unas vacaciones y le comentó que había escapado de lo que casi había sido un accidente fatal. Él se encontraba en una roca saliente, de igual forma que ella lo había visto en su sueño; había perdido el equilibrio al resbalar de una roca insegura, y por un segundo pensó que la caída era inminente. Entonces, como él lo dijo, una poderosa ráfaga de viento había súbitamente aparecido a su encuentro, dándole exactamente la ayuda que necesitaba para llegar a dominar la situación".

Cada circunstancia terrenal tiene su contraparte astral, que en algunas situaciones podemos percibir de antemano. Esta madre, con gran perspicacia (aunque inconsciente) cambió primero la imagen astral al crear visualmente su propia versión del acontecimiento, y luego, por medio de la poderosa corriente de su amor (es decir, por un rayo enviado del poder de la maternidad sobrenatural dentro de la psiquis), dio estabilidad y realidad material a su visualización.

Estos ejemplos deben ayudarle a entender la esencia del tema. En su propia práctica con esta técnica, no olvide: visualizar claramente el objetivo propuesto, incluirlo dentro de un círculo visualizado, cargarlo con la luz de su yo superior; todo esto envuelto dentro de la estructura de la postura equilibrada, la relajación y la respiración rítmica como hemos explicado. Aún si está realizando dos o tres sesiones para la visualización creativa, trabaje con la técnica de cargado sólo una vez al día, pero persevere en esto hasta que se alcance su objetivo.

Recuerde mantener el trabajo de base y, cuando alcance su objetivo, diga gracias a su yo superior.

Llevar un proyecto de visualización creativa a través del trabajo de base, y completarlo con la técnica de cargado es llamado el método maestro de visualización creativa.

Es fácil adaptar este método a la mayoría de propósitos. Puede por ejemplo usarlo para la curación de otra persona, puede no estar físicamente a su alcance.

La curación a distancia es a menudo un simple envío de una carga extra de energía de fuerza vital a la persona proyectada, junto con una afirmación del bienestar para esa persona. Esto puede ser en cualquier caso muy útil en ayudar a los poderes naturales de autorenovación de la persona, libre de las deficiencias y obstáculos producidos por la debilidad, molestia y sugerencia negativa.

Poder ayudar a esta autorenovación es siempre una acción útil y satisfactoria.

"La curación a distancia" puede hacerse de varias formas. Algunas veces aquellos que no puede visualizar, o que no conocen la técnica, sólo establecen su respiración rítmica, se llenan de la luz del yo superior y luego la envían, dirigida mediante las manos y dedos, en la dirección topográfica del receptor proyectado. Esto puede ser verdaderamente efectivo.

Sin embargo, para resultados exactos, poderosos y duraderos, su procedimiento debe ser llevado a cabo después de establecer su respiración rítmica, formular una imagen de la persona que va a beneficiarse (visualizándolo sano, feliz, sonriente y juvenil) y colocar un círculo alrededor de esta imagen; luego cárguela con la luz de su yo superior, sosteniéndola firmemente en el poder, amor y bendición de la luz, y finalmente envíela por medio de un impulso interior en la dirección de esa persona, manteniendo la postura y la respiración rítmica hasta después de que la imagen se ha desvanecido de la visualización.

La estructura principal de esta técnica debe ser mantenida intacta, pero puede variar su acción como se necesite.

Si para este tipo de acción está empleando una fotografía del receptor como ayuda para la visualización, no olvide cerrar los ojos cuando llegue el momento real para la visualización: es su imagen visualizada la que va a ser cargada, no la fotografía.

Si está llevando a cabo este procedimiento a nombre de una persona que tiene un problema definido (digamos un dolor de oído o una pierna rota) deberá visualizar en particular la parte del cuerpo donde está el problema. Asegúrese de ver esa parte del cuerpo completamente sana e íntegra, y cambie su imagen a toda la persona, sana y feliz antes de que concluya. (Para una pierna rota, podría ver a la persona corriendo o caminando; para la sordera, disfrutando de la música, etc...).

Incluso cuando la persona está presente, esta técnica puede tener valor especial cuando un órgano interno está involucrado. (A menos que también pueda usar clarividencia, un conocimiento básico de anatomía es deseable).

No importa cuál sea el propósito de su acción, en su propio nombre o el de otra persona, aunque la actividad de su yo superior es en sí perfecta, tiene que (en esto, como en todo lo que hace) funcionar como una completa entidad. Por lo tanto, cualquier medio que pueda usar para llevar a su yo inferior completamente de acuerdo con la acción de su yo superior, es aceptado. Hay varias formas en las cuales puede hacerse esto.

Debemos dar mención en esta categoría a los métodos tradicionales de la vida disciplinada para el hombre o mujer que esté resuelto a llevar a cabo un programa para el desarrollo de sus facultades interiores. Aquí no hay "penitencia, glorificación o sufrimiento". Una dieta abstemia pero bien balanceada (preferiblemente vegetariana), ejercicio físico diario, ejercicio diario de las facultades de la psiquis, contacto frecuente con el mundo de la naturaleza, una supresión de cualquier cosa que encuentre la persona en cuestión que disminuya la energía disponible o que esté enemistado con el sentido individual de salud o rectitud, es la base de tal régimen. Durante un largo período puede obrar maravillas aún para aquellos sin gran aptitud inicial.

Sin embargo, para el hombre o mujer que no tenga una actitud "comprometida" —quien considera el desarrollo de las facultades interiores simplemente como parte del diario vivir— hay atajos más cortos para llevar al inconsciente inferior en línea con un proyecto ideado de visualización creativa: y particularmente hay atajos más cortos para aquellos que ya han desarrollado algunas percepciones o habilidades psíquicas.

El método maestro, que es la técnica de cargado soportada por el buen uso del trabajo de base como se ha dado, contiene en sí todo lo que se necesita para plena efectividad, para cualquiera que persevere.

Si, por ejemplo, tiene algún procedimiento favorito que ya usa para crear condiciones psíquicas especiales (tales como la quema de una vela o el funcionamiento de las esferas planetarias), puede usarlo en conexión con el método maestro de visualización creativa. Aquí no estará tratando de guiar su yo superior o suplementar su poder; estos procedimientos trabajan por medio de ideas y emociones asociadas enteramente en los niveles inferiores y más profundos; por el contrario estará usando un lenguaje que esos niveles ya entienden.

Si está acostumbrado a quemar velas en sus sesiones de técnica de cargado, puede hacerlo adaptando las velas a la clase de resultado que proyecta: prosperidad, amor, etc. Si está acostumbrado al trabajo planetario, puede emplear el color conveniente, el incienso, etc., para cualquiera de las esferas que sea apropiada para su propósito: Mercurio para viajes, Marte por justicia, Júpiter para abundancia, etc.

Si está familiarizado con el proceso adivinatorio, hay un tipo interesante que puede desarrollar, aun sin elaborar el trabajo de base. (La acción rápida es algunas veces deseable). **Advertencia:** Este es un método poderoso por lo cual debe estar seguro antes de usarlo y los detalles que quiere usar deberán estar arreglados para producir sólo el efecto deseado.

La razón para esta prevención es que ciertos patrones adivinatorios —los de I Ching, de geomancia y del tarot especialmente— son poderosos para producir las condiciones que representan, no sólo dentro de su psiquis sino también en el mundo astral en general.

Así estará recurriendo a la luz de su yo superior para activar y confirmar una imagen extremadamente poderosa.

La razón por la cual estos patrones adivinatorios pueden tener efecto "contrario", y no puede sólo mostrar una condición existente sino que también puede producir una condición donde no existe, es muy simple cuando se recuerda la relación del Mundo Astral con nuestras emociones e instintos. Un gesto o aptitud física puede representar una emoción, pero también puede producirla.

Considere lo siguiente. Dos actores, que representen caracteres que le son desconocidos, aparecen en el escenario. Un carácter se mofa del otro. ¿El segundo carácter acepta esto? El actor que representa ese segundo carácter sube los hombros, endurece sus rodillas, infla su pecho. Usted sabe que él no aceptará la afrenta.

Ahora: ¿alguna vez acepta una situación sin protestar, que después lamenta y siente que debería haber luchado por ella? Si es así, trate lo siguiente la próxima vez. (Si esta clase de situación nunca le sucede, probablemente reconocerá la situación como su reacción natural a un reto).

Empuje hacia atrás las rodillas de manera que las articulaciones estén rígidas, respire profundamente para inflar completamente su pecho, levante sus hombros y presione sus codos a los costados para flexionar los músculos del brazo superior. Endurezca los tendones, ármese de valor, como lo dijo Shakespeare en *Henry V*: Ahora ¿qué tan dócil se siente?

Tomemos un ejemplo del uso efectivo de un símbolo del I Ching, *el libro de cambios*. No sólo los sesenta y cuatro hexagramas (diagramas de seis líneas) del I Ching representan las fluctuaciones continuas de la fuerza vital —sabiduría china de Tao— sino también, como se usa en la adivinación. El hexagrama dibujado representará una respuesta o una pregunta particular hecha por una persona en particular en un momento particular.

El hexagrama en conjunto representará ciertos aspectos del tema a la luz de la antigua sabiduría taoísta de China (frecuentemente aspectos pasados por alto por el interrogador, aunque el simbolismo del hexagrama usualmente le tranquiliza en cuanto a su relevancia) y, a menudo, una o más de las líneas del hexagrama serán indicadas como portadoras de un mensaje específico.

Característicamente, son estas líneas de mensaje las que están indicadas como próximas a cambiar, y por lo tanto de producir el siguiente hexagrama que relacione el sujeto; de manera que una mirada a ese hexagrama adicional también es deseable en la interpretación de la situación.

Ahora, supongamos que una niña está críticamente enferma, y que un hombre que está familiarizado con el I Ching determina usarlo en la visualización para ayudarla. Ojeando a través del *Libro de Cambios* encuentra muchas líneas que se relacionan con un buen resultado para ese o ese tipo de esfuerzo, pero la mayoría de ellos, ya en su sentido literal o en su interpretación tradicional, parecen relacionarse a otras situaciones.

Él finalmente se decide por el hexagrama 34, el hexagrama "Ta kwang", el poder del grande o el símbolo del gran vigor. Su imagen es la energía del trueno que se mueve armoniosamente con el crecimiento de la energía de los cielos en primavera. La acción es por lo tanto propicia.

Considerando las líneas individuales de este hexagrama, él encuentra una —la cuarta— que lleva un significado bien apropiado a este propósito. "La solución exacta produce buena fortuna. La causa de pesar se desvanece. La barrera se debilita sin más oposición; la fuerza aplicada ha sido como el apalancamiento de un poderoso furgón".

Leyendo esto, el hombre siente que la luz de su yo superior producirá en verdad, por medio de su poder invisible, la liberación de la niña de su enfermedad. Sin embargo, antes de proceder, mira para ver lo que sucederá cuando cambie esta línea designada, como debe cambiar después de ser llevado a cabo.

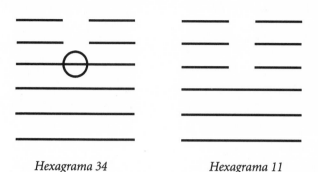

Hexagrama 34   Hexagrama 11

Este es, en efecto, el cambio del hexagrama 34 al hexagrama 11, el hexagrama T'al, armonía. Aquí se muestra los poderes del cielo y la tierra que actúan juntos, lo espiritual dentro de lo material, para el desarrollo y prosperidad natural. Nuestro amigo no estará visualizando este hexagrama adicional, pero es útil saber que representa el resultado natural de la acción que estará emprendiendo. Él puede, con su experiencia del I Ching y de su armonización con las fuerzas vitales, continuar en completa seguridad.

Durante algún tiempo, él contempla el hexagrama 34, pensando especialmente en la cuarta línea, su poder espiritual, y su acción dentro del hexagrama para aplicar ayuda "oculta". Luego él cierra sus ojos y visualiza este hexagrama. Lo visualiza sobre la cabeza de la niña. Ahora encierra todo el diseño —el hexagrama y la cabeza de la niña— dentro de un círculo blanco. El hexagrama tiene su "línea de movimiento" marcada de la forma tradicional. La niña está feliz y bien. Él mismo se llena con la luz de su yo superior, entonces visualiza esta luz llenando toda la imagen en el círculo (la niña y el hexagrama) mientras se desvanece de él mismo. Tanto la niña como el hexagrama irradian luz que llena el círculo.

El hombre mantiene esta imagen en visualización por el espacio de varias respiraciones rítmicas completas, entonces la envía en la dirección de la niña, permaneciendo inmóvil hasta que se pierde de vista.

De nuevo, suponiendo que una persona selecciona un hexagrama para su propio beneficio, entonces sólo el hexagrama —con su(s) línea(s) cambiante(s) indicada(s)— será visualizado, rodeado y cambiado, y esto subsecuentemente será contemplado, después se le permitirá desaparecer.

Con respecto al tarot, se lleva a cabo en formas familiares las anteriores, según sea su preferencia o la de alguien más. Sin embargo, el uso del tarot de esta manera es más complejo.

Hay circunstancias en las que alguien es competente en la comprensión e interpretación del tarot (especialmente si ésta está apoyada por dominio de los principios astrológicos), y pueden asegurar que la influencia indicada por una carta es "justo lo que se necesita" para lograr el resultado deseado. En este caso, necesitará seleccionar la carta, reflejar su significado, visualizarlo (a nombre de uno mismo), o visualizarlo sobre la cabeza (si se hace a nombre de otra persona).

Sin embargo será más satisfactorio, más exacto y seguro, emplear una gama de cartas del tarot en lugar de sólo una.

No es necesario ni deseable tener un despliegue de las cartas de tarot muy elaborada para usar en conexión con la visualización creativa. El despliegue de diez cartas (conocida con otros nombres) permite suficiente campo de acción para representar la mayoría de acciones en su pasado y presente, en sus aspectos interiores y exteriores, con respecto al futuro.

El mejor enfoque es considerar el estado de cosas que desea tratar por medio de la visualización creativa y luego desplegar las cartas para realizar la lectura apropiada.

Ahora proceda como hemos descrito para los otros ejemplos. No trate de visualizar cada detalle de las cartas desplegadas. Usted sabe qué significan y no puede haber duda al respecto. Todo lo que alguna vez ha visto o conocido está allí, aún si no lo recuerda conscientemente, y un buen hipnotista podría confirmarlo con exactitud. Si el despliegue es para usted, "véalo" a solas. Si es para terceros, "vea" a la persona debajo del despliegue. Haga su círculo y continúe con su visualización creativa como hemos descrito.

El uso de métodos adivinatorios para lograr resultados deseados es sólo para los ya familiarizados con dichos métodos. Si quiere usar el I Ching, tarot, geomancia, o cualquier otro método, debe aprenderlo de libros y/o de un profesor y de su propia experiencia antes de usarlo efectivamente para la visualización creativa. ¿Quiere reconectar un circuito eléctrico? El mismo sentido común se aplica.

· · ·

Punto de control

- Planee un paso a la vez en su carrera de visualización creativa, además de tener un objetivo global.

- Practique la técnica de cargado exactamente como se da en este capítulo y continúe practicándola.

- Si desea usar esta técnica en favor de otra persona, visualice a esa persona recibiendo el beneficio que proyecta, luego después de cargar y contemplar la imagen, envíela por un acto de voluntad a la persona afectada.

- Para cada trabajo de visualización creativa que va a emplear el uso normal de la técnica de cargado, lleve su proyecto justo a través del trabajo de base desde su comienzo.

- Cuando ha empezado a usar la técnica de cargado, haga esto una vez al día y persevere hasta que logre su objetivo.

- Si tiene un método favorito de adivinación, explore su uso en la visualización creativa como se describe en este capítulo. No necesita llevar tales operaciones a través de etapas preliminares de trabajo de base pero deberá regularmente estar practicando llenándose con la luz de su yo superior.

- Tome nota en especial de su primer éxito con la visualización creativa. Piense y derive confianza de ella.

7

Puntos estrella y multiplicación

Puntos de estudio

1. Su yo consciente no está solo. Su yo superior responderá a su adecuada invocación. No necesita ser una víctima de la casualidad. El universo está lleno de energía libre y las leyes del universo pueden ser dirigidas para satisfacer sus necesidades y deseos.

2. Mientras este mundo parece dual (arriba-abajo, claro-oscuro, yo-otro), usted puede contactar la unidad de las fuerzas superiores y detener el "balanceo del péndulo" de manera que lo que fluye por necesidad, no se desvanece.

3. La técnica estrella es un excelente comienzo y le da las oportunidades iniciales que pueden ser usadas como peldaños de escalera en el método maestro.

4. La técnica de multiplicación invoca el poder del yo superior para incrementar las cosas que ya posee.

• • •

En el capítulo pasado, se le ha dado el método maestro de visualización creativa. Ese método involucra también un "acto de fe" en su yo superior, y puede ser lo que hasta ahora había estado esperando.

Igualmente, puede (como cuando sube una colina) sentir que le gustaría esperar un poco antes de aventurarse a ese camino. También puede sentir que le gustaría empezar poco a poco, sólo para confirmar que la visualización creativa es real.

Eso está bien. Tan pronto como pueda imaginar lo que necesita, puede comprobar que realmente hay una fuerza invisible que llegará a usted.

En este capítulo se le darán dos alternativas simples para cargar un objetivo visualizado, que ha sido ensayado y probado por mucha gente. La siguiente historia es de un hombre llamado Stan que consiguió justo lo que visualizó por intermedio de este método, aunque cuando empezó a visualizar parecía que no se podría realizar.

Stan era un experto reparador de radiadores caseros. Él estaba cansado de su trabajo y tenía tres niños pequeños, así que no estaba en posición de criticar su ocupación. No había nada malo con su trabajo, excepto que Stan lo encontraba intolerablemente aburrido.

Él quería ser un artista gráfico humorístico. Desde niño había llenado libreta tras libreta con dibujos cómicos de gente y situaciones; él veía humor por todos lados, pero luego guardaba esas libretas donde no pudieran ser encontradas.

Un día se enteró de la técnica estrella de visualización y, de acuerdo a su situación, la técnica parecía haber sido hecha para él.

Span se visualizaba a sí mismo haciendo dibujo tras dibujo y recibiendo elogios y dinero por su trabajo. Esto hizo que se preocupara por su esposa e hijos, ya que estaba decidido a que no deberían sufrir por sus ambiciones. Y por otra parte su certeza de que sus ambiciones eran correctas. ¿Por qué, si tenía este talento e impulso para dibujar no iba a usarlo? Él sería un artista humorístico.

Un mes después de practicar el método estrella, fue llamado a la oficina por uno de los administradores. Se le dijo que la compañía quería producir un nuevo manual para reparadores aprendices. Con su experiencia él sabría todas las dificultades que debería evitar. Él podría ayudar a quienes diseñarían el texto, así como a quienes irían a crear las ilustraciones con dibujos humorísticos.

"Yo puedo hacer los dibujos", dijo Stan, "y sé cómo son todos los diferentes ajustes y problemas; en lugar de sólo hablarle al hombre que escribirá el texto, puedo explicarle con mis dibujos".

Stan recibió el trabajo de ilustrar el nuevo manual, con una gratificación especial por hacerlo. Ahora Stan tenía un negocio fuera de la empresa, y ya no lo encontraba aburridor.

La principal diferencia, entre la técnica estrella y la técnica de cargado es que la primera no especifica "cargado" con la luz del yo superior. Hay una simple visualización de aquello que desea, y entonces hay una secuencia de acciones simples junto con las palabras (en voz alta o en silencio) de ciertas afirmaciones. De esta manera la satisfacción de su deseo será llevada a cabo astralmente, mientras que los "puntos" de la estrella (en ambos sentidos de la palabra) unen su aspiración y su actividad con el poder y los atributos del yo superior.

Así, aunque no hablamos en detalle sobre esta técnica, sabemos que es muy poderosa, y que mediante su uso ganará abundante evidencia y conocimiento sobre la realidad de la fuerza espiritual que subyace a la visualización creativa.

Al mismo tiempo, mediante la técnica estrella puede no siempre ganar más de una muestra o una oportunidad. Por medio de este método, lo que crea astralmente puede no siempre ser duradero en el mundo material; mucho depende del trabajo de apoyo que ponga en él. La niña que mencionamos en el capítulo 1 aprendió a usar el lenguaje del país a donde quería ir. Esto también era razonable de hacer: cualquier cosa que use es más probable que siga siendo suya. Stan había podido dibujar ilustraciones divertidas de cuando era niño, y sin embargo, lo había mantenido en secreto. Lo que esta gente ganó del método estrella fue una oportunidad.

El mundo está lleno de oportunidades, y a menudo vemos que estas van a gente que en especial no las quiere o necesita. ¿Por qué? Porque nada tiene éxito como el éxito.

Muy probablemente a usted mismo se le ofrecen oportunidades que no quiere, o que, si fuera a aceptarlas, podrían torcer su vida a un curso totalmente indeseado. Aunque esas mismas posibilidades podrían ser un sueño hecho realidad para otra persona que, en su lugar, se le ofrece lo único que usted necesita.

Así que lo que necesita, primero, no importa si sus posesiones materiales son muchas o pocas, es que lo ubiquen en la posición de éxito para la clase de oportunidades que usted desea y puede usar. Esa es una forma en la cual el método estrella puede ser un excelente "aliciente" para usted.

La técnica estrella puede ayudarle con problemas de salud, de dinero, o ayudarle a cumplir una promesa que ha hecho de buena fe. Sin embargo, deberá seguir trabajando en la técnica de cargado para un progreso consistente, no importa cuáles cosas buenas obtenga por medio de la técnica estrella.

Ahora miremos diagrama en la siguiente página, y veamos cómo usar la técnica estrella.

(Para su uso personal emplee su propia copia de este diagrama; no use el que está en este libro. Coloree su diagrama; debe ser suyo solamente).

La técnica estrella

La técnica estrella de la visualización creativa

Use este procedimiento sólo una vez al día, preferiblemente lo primero que haga en la mañana o lo último en la noche. (En otras sesiones, haga su trabajo de base).

Haga cuidadosamente todas las preparaciones.

Tenga el diagrama a mano.

Siéntese con la columna recta, las piernas paralelas la una con la otra.

Relájese físicamente, y al mismo tiempo aclare su mente de pensamientos o imágenes intrusas.

Comience la respiración rítmica.

Mientras está sentado y respira de esta forma, reflexione y visualice tan claramente como pueda el objetivo para el cual está llevando a cabo este procedimiento, y la(s) principal(es) razón(es) de por qué lo quiere. Tenga muy claro esto, y no deje que su mente divague hacia otras necesidades o deseos. Todo llega a su tiempo.

Cuando esté listo, tome el diagrama y mire pensativamente al corazón en el rayo superior de la estrella. Éste representa a su corazón, su deseo. No diga nada en este momento, pero gire un poco el diagrama de manera que el rayo con la balanza esté en la parte superior del diagrama. Mirando esto, diga lenta y deliberadamente:

Benditas sean las leyes del universo.

Diga esto sinceramente, llevándolo a través de todos los niveles de su psiquis. "Las leyes" no son siempre populares; pero gracias a ellas su visualización creativa funcionará.

Estas leyes son la fuente de su felicidad y por tal razón se bendicen.

Ahora gire lentamente el diagrama, de manera que el rayo de la estrella que muestra el cuerno de la abundancia esté en la parte superior del diagrama. Mirándolo, diga lenta y pausadamente:

Bendita sea su abundancia ilimitada.

Esto no necesita ninguna aclaración. Cuando mira los incontables seres vivientes en el mundo a su alrededor, todo es parte del universo en el cual usted vive, y ¿puede dudar que hay espacio en él para su vida, para sus ambiciones? Así que verdaderamente, debe bendecir su abundancia ilimitada.

Gire la estrella otra vez, de manera que el rayo con el ave que vuela esté en la parte superior. El ave está volando hacia usted. Nunca debe poner un tiempo límite para la satisfacción de un proyecto de visualización creativa (de igual forma que nunca debe especificar una fuente material de suministro), pero sí debe establecer un tiempo razonable para iniciar el proceso. Este es el momento en que no está aceptando lo que es, pero afirmando lo que va a ser:

Bendita sea la prontitud con la cual todo será forjado.

Ahora, usted no quiere que nadie sea lastimado por la satisfacción de su deseo. Aún cuando si alguien le ha hecho mal, tenga cuidado. No desee mal a esa persona. Esto no es cuestión de moralidad. Moralmente, podría justificar sus acciones si le han causado alguna clase de sufrimiento, o a otros. Pero, para decirlo de una forma figurada, usted no quiere invocar la oscilación natural del "péndulo".

Por lo tanto, lo que necesita hacer es atraer a una fuerza superior para que detenga el balanceo del péndulo en el punto donde quiere que se detenga. Las fuerzas superiores son fuerzas inteligentes. Ahora gire la estrella de manera que el rayo del Sol brillante esté en la parte superior. Diga:

Bendito sea todo lo bueno en lo cual todo será logrado.
El Sol brilla sobre los justos y sobre los injustos igualmente.

Desee que su ganancia no sea la pérdida de nadie. Ahora gire la estrella una vez más, de manera que el rayo del corazón esté nuevamente en la parte superior y complete su círculo diciendo:

Bendito sea mi deseo para que ahora sea cumplido.

Dígalo vigorosamente y con profunda confianza. Ahora es verdad en el mundo y se manifestará en forma natural, libre, rápida, favorable y satisfactoria en el mundo material. Todo lo que tiene que hacer es continuar apaciblemente con el método estrella, a la misma hora todos los días, si es posible, y sin discutirlo con nadie.

En el capítulo 6 señalamos que nunca debe decirle a otros los detalles de sus proyectos de visualización creativa, y debe evitar hacer sentir a la gente celosa o resentida de su proyecto. La razón para estas advertencias es que no debe atraer las emociones destructivas de la gente para combatir sus creativas. Aún su ser más cercano y querido puede desafortunadamente crearle problemas, si encuentra imposible creer que tiene facultades interiores, o inconscientemente toma a mal el hecho de que usted tiene una vida interior e independiente.

Pero hay otras dos razones más grandes en contra de hablar acerca de —y especialmente contra jactarse por— cualquier cosa que espere lograr por medio de la visualización creativa. Una es debido a la tensión: tensión en el lugar correcto es aceptable. Si quiere lanzar una flecha desde un arco, la cuerda tiene que estar tirante. Si no hay tensión, no hay descarga. Si desea que un reloj de cuerda funcione, tiene que darle cuerda de tal manera que el resorte ejerza presión sobre las manecillas. Sin tensión, no hay acción.

Ahora, el mundo material es el más difícil de los mundos en el cual producir acción efectiva, y la razón por esta dificultad es la inercia de la materia. Usted puede crear una imagen de lo que quiere en el mundo astral. Sin embargo, para ocasionar un cambio duradero en el mundo material, debe energizar su mundo astral espiritualmente para crear una tensión que obligará a la acción en el mundo material. Al hablar del resultado deseado, está en peligro de liberar la tensión de una manera que no le es de utilidad. (Muy a menudo, la tensión induce a hablar acerca del proyecto; así que debe tener mucho cuidado.

Hay otro peligro. Los patrones por los cuales la mayoría de nosotros nos juzgamos, especialmente por cualquier cosa que señale vanidad, tontería o debilidad, son mucho más severos que los juicios de cualquier Dios externo. No podemos alterar fácilmente estos juicios, por irracional que consideremos que sean, porque usualmente están metidos profundo en los sumergidos estratos inconscientes que se relacionan con nuestros años de formación.

Guardar silencio es una forma de mantener la integridad, no sólo de la operación sino también de nuestra propia dignidad.

Sin embargo, puede decirle a sus amigos y amados, si están preocupados por una situación en la cual usted esté trabajando, que deben ser optimistas, confiados y que deberían construir sus propias imágenes y pensamientos creativos. De esa forma les estará ayudando, y sin decirlo, ayudándoles a que le ayuden.

Ahora consideremos otra técnica que no es tan grande como el método maestro completo de visualización creativa, pero es, en circunstancias adecuadas, poderosa.

Esta técnica depende directamente de su habilidad de llenarse con la luz de su yo superior, pero no requiere una habilidad totalmente desarrollada de visualización. A diferencia de la técnica estrella, puede ser de gran utilidad antes de ser competente en todo su trabajo de base. Está diseñada especialmente para la clase de situación donde tiene algo de lo que quiere pero no lo suficiente. Puede ser así muy útil en verdad.

Usted puede tener un lugar para vivir, pero necesita un lugar más grande. Puede tener algún dinero, pero no suficiente para su proyecto. Puede tener ropa, pero necesita nuevos vestidos. Algo que tiene puede no ser adecuado para su propósito, o teme que la provisión pueda terminarse.

En tal situación, es importante saber muy claramente qué hacer. Hay individuos que sólo entienden parte de la verdad, y acostumbran a decir que deberíamos estar contentos con lo que tenemos. (Generalmente, entre menos tiene una persona, más a menudo se le dice que esté contenta con ello).

Ahora, este planteamiento no es del todo falso. Lo peligroso y engañoso es una pequeña parte de la verdad.

La verdad real es esta:

No odie lo que tiene.

No desprecie lo que tiene.

No tema que lo que tiene lo va a abandonar.

Lo que tiene es el camino hacia algo mejor.

Para lograrlo, no debe destruir lo que ya está allí; debe cuidarlo, limpiarlo o purificarlo si es necesario; pero manténgalo y ámelo. En este tema de la visualización creativa, recuerde, no sólo estamos tratando con este mundo material; también estamos tratando con aquellos niveles donde los sucesos de este mundo son formados y labrados. Y los valores de esos niveles son importantes en este mundo material. El odio y el temor destruyen. El amor y la confianza crean.

Muchos hombres y mujeres han logrado sus objetivos partiendo de situaciones adversas. Su estado era insatisfactorio, pero no perdieron tiempo y energía lamentándose por la falta de oportunidades disponibles. Ellos usaron estas cosas (¿qué más podían usar?) para lograr lo que deseaban.

Más allá de las vidas y logros de tales personas hay una fuerza espiritual mucho mayor, mucho más alta, que cualquiera de sus manifestaciones en el mundo material. Los mejores logros terrenales son sólo una sombra de la fuerza espiritual, porque al trabajar con su yo superior, el poder, el esplendor y la nobleza de la fuerza a la cual usted recurre son verdaderamente ilimitados.

La Biblia, tanto en el Viejo como en el Nuevo Testamento, relata historias que ilustran el funcionamiento de esta fuerza, pero sólo hasta donde conciernen sus efectos visibles en este mundo. El principio no está dado. Sin embargo, las historias han sido aceptadas durante siglos, porque muchos han sabido y probado que tales cosas suceden. Lea la historia del profeta Elijah y la viuda, y su pequeña provisión de comida, en el primer libro de Reyes, 17: 9–16. También lea, en el Nuevo Testamento, la historia de la multiplicación de los panes y peces. Varios relatos de ello son dados en : Mateo 15: 35–38; Marcos 6: 35–44 y 8:1–10; Lucas 9:12–17.

Es debido a estas historias que la siguiente técnica es llamada la técnica de la multiplicación. Existe también la consideración del tipo aritmético de multiplicación. Multiplique cualquier número por algo, y resultará algo. Multiplique cualquier número por cero y obtiene cero. Debe empezar con algo para usar este método —un grano de arroz, una gota de aceite, lo que sea, pero utilice algo—. De lo contrario necesitará los otros métodos.

Lea y reflexione sobre las siguientes palabras escritas por el poeta místico persa del siglo XVIII, Ahmed Hatif. Él no se refiere a las cosas terrenales. Tome las palabras primero en su total impacto espiritual:

> *Cuando todas las cosas que ves,*
> *te ven con amor,*
> *entonces todas las cosas que amas,*
> *pronto te verán.*

Medite al respecto. Esto no está fuera de su alcance porque es una gran verdad espiritual y por lo tanto, cuando deje que su significado se filtre a través de su mente y alma sin resistencia, encontrará que llega naturalmente a usted.

Y lo que es cierto en los niveles más altos también debe ser cierto sobre la tierra, porque sólo hay una verdad espiritual.

No cometa errores con el "amor". El amor no es poseer, debilidad o emotividad. Amor involucra ver lo mejor y ayudar al desarrollo natural. A menudo esto se aplica a las cosas, a eventos, así como a los seres vivientes por los cuales pueda ser responsable.

También se aplica a usted mismo. Significa practicar el verse como esencialmente es usted, averiguando lo que sinceramente quiere y construyendo, visualizando, para eso (y para las cosas que encajan en eso) en lugar de cambiar su línea cada vez que los medios de comunicación surgen con una nueva atracción.

También —y esto es importante— con ese conocimiento, no pisará a otra gente como lo hace cuando comete errores.

Puede confiadamente "vivir y dejar vivir".

Usted sabe que hay abundancia en el universo para todos. Puede vivir como corresponde.

La técnica de multiplicación

Póngase de pie. (Tal vez necesite caminar un poco, para bendecir por ejemplo varios objetos en un cuarto).

Establezca su respiración rítmica.

Mire a aquello que quiere incrementar o una parte de ello.

Si no puede visualizar claramente, al menos imagine un círculo blanco alrededor de lo que está mirando; un límite donde va a ser incluido la operación proyectada.

Piense claramente en lo que está mirando de manera que sea lo que necesita: "más grande", "más nuevo", "adecuado", o precisamente como "$. . ."

Llénese de la luz de su yo superior, como se describe en el capítulo 4.

Cargue el objeto real con esta luz: es decir, en su mente imagine y afirme su resplandor creciendo en y transvasando el objeto, haciéndolo luminoso, mientras que al mismo tiempo se desvanece de usted gradualmente. Cuando la transferencia esté completa, diga:

Bueno y suficiente para mí es mi (cualquier cosa).
En el poder de mi yo superior lo bendigo.
En alegría y abundancia lo poseo.

Contemple un rato el objeto radiante, luego deje la luz desvanecerse lentamente de su conciencia.

Manteniendo su respiración rítmica, repita este procedimiento de mirar, cargar y bendecir cualquiera de los objetos que van a ser incluidos.

Desarrolle esto diariamente. Es poderoso para multiplicar lo que está visualizando.

• • •

Punto de control

- Si no se siente listo para todo el método maestro, puede sin embargo beneficiarse de técnicas menores.

- Si tiene dificultad en cargar con la luz del yo superior, puede usar la técnica estrella de la visualización creativa.

- Para la técnica estrella, copie el diagrama de este capítulo para hacer su propio diagrama personal. (Puede colorearlo también si desea).

- Si tiene dificultad en visualizar, todavía puede beneficiarse del poder de su yo superior a través de su técnica de multiplicación.

- Ya que en cualquier caso debe estar practicando diariamente el trabajo de base, debería construir éste para su objetivo a fin de prepararse y fortalecer su uso de la técnica estrella o técnica de multiplicación.

8

Atrévase a
ser poderoso

Puntos de estudio

1. Usted es una persona integral de mente, cuerpo y espíritu.

2. El plan creativo de relajación provee la base para un programa de desarrollo interior.

3. Las mismas técnicas de visualización creativas pueden ser aplicadas para el entrenamiento de la memoria y el cambio de hábitos.

• • •

Hay ciertas cosas que no pueden ser fácilmente visualizadas como dejar de fumar, abandonar el alcohol o no comer en exceso. Este capítulo le ayudará con estos y con otros temas similares.

El hecho es que ya quiera algo espiritual, mental o algo material, usted no es sólo un espíritu o sólo un cuerpo; usted es una persona viviente y completa.

Para funcionar bien en el mundo material, necesita la ayuda de su mente y espíritu.

Para desempeñarse bien en los niveles mentales y espirituales, necesita la cooperación de su cuerpo físico.

Hemos mostrado cómo puede, hasta un punto, hacer la visualización creativa sin referencia directa a ningún poder superior. Sin embargo introducimos el poder superior, porque: (1) Su poder superior es la fuente de toda abundancia y debe conocerlo como amigo. (2) Los bienes y beneficios obtenidos a través de la visualización creativa deben ser protegidos para que sean lo más duraderos posibles en el mundo material.

Para lograr la protección necesaria y la durabilidad de todos estos bienes y beneficios, deberán ser infundidos con el poder del yo superior y puestos para el buen uso sin demora.

¿Cuál es la capacidad humana para beneficiarse de la visualización creativa? Esta es una pregunta vital. La capacidad de uso es, básicamente, la medida de lo que puede ser obtenido por cada uno de nosotros.

Por lo tanto, aunque pueda avanzar progresivamente en el mundo material, es bueno que abra y desarrolle sus recursos interiores. Y a la inversa, si su primer deseo es un mayor desarrollo de los recursos interiores, esto a su vez lo llevará a una necesidad mayor de expresión exterior, de aventura y experimento para usar sus habilidades.

No importa si sus necesidades iniciales son exteriores o interiores, algún grado de variación entre los dos tipos de desarrollo es necesitado para progreso satisfactorio. Construya paso a paso.

En este libro, hasta ahora, se le ha dado:

- El método maestro de visualización creativa: trabajo de base y técnica de cargado.

- La técnica estrella, la cual puede ser usada como alternativa a la técnica de cargado.

- La técnica de multiplicación, la cual no necesita visualización del objetivo pero requiere su identificación hasta cierto punto.

- El plan creativo de relajación.

El plan creativo de relajación provee la base para su programa de desarrollo interior, ya sea que este desarrollo tenga que ver con cualidades mentales o espirituales o con la interacción de mente y cuerpo. Este plan involucra no sólo control físico, sino unos deseos bien dirigidos para cada parte del cuerpo. Eso es lo que lo hace creativo.

Sólo usted puede formular su programa para el desarrollo interior. Aquí podemos darle consejos positivos, pero usted conoce todas sus necesidades y se conoce internamente mejor que nadie.

Practique a diario la relajación creativa. Por ejemplo: diga que quiere dejar de fumar. La mejor manera de hacerlo es anunciarse clara y firmemente que ha acabado con el cigarrillo —para siempre— sin dar razones ni espacio para la duda o vacilación. (Esto es bueno para muchas otras cosas además de fumar). Si puede terminar una sesión de relajación creativa haciendo ese anuncio cuando está en completa armonía y en paz consigo mismo, nunca necesitará volver a mirar atrás.

Sin embargo, si ha hecho esta resolución en el pasado, pero ha dudado, vacilado, se ha arrepentido y se ha dado por vencido, entonces tómese su tiempo para proceder gradualmente pero de manera efectiva.

Hay tres normas que observar.

1. Manténgase mental y físicamente ocupado (no saturado) con algo que realmente le interese. Su programa de trabajo de base debe satisfacer esta necesidad. Esto debe mantener alejada su atención de cualquier síntoma de renuncia ya sea física o psicológica, hasta que los síntomas desaparezcan. (Puede considerar medicamentos para limpiar su organismo de nicotina. Pero esto sólo le ayudará a dejar de fumar si al mismo tiempo confronta su aspecto emocional).

2. Identifique lo que le incita a fumar (puede ser imitación, para abrir una conversación, parte de una rutina sexual, una forma de terminar una comida, o algo que sólo hace por temor de parecer poco sociable o temeroso a la crítica.

3. Identifique su principal incentivo para no fumar. En la presente etapa, está elaborando esto racionalmente para su propio beneficio; no está poniendo el caso a su naturaleza instintual y emocional, así que debería considerar este tema minuciosamente. Sin embargo, este argumento racional, probablemente será rechazado por su naturaleza instintual y emocional. Debe encontrar cómo darlo en pequeñas dosis y en forma sutil como sea posible, hasta que sea aceptado. Puede estar preocupado por su salud o su dinero. Puede estar preocupado porque fumar no es parte de un estilo de vida natural. Puede estar enamorado de una persona no fumadora.

4. En su siguiente sesión diaria de relajación creativa, trabaje como de costumbre hasta la etapa final bendiciendo especialmente cada parte de su cuerpo:

Cuido mi cuerpo.
Verdaderamente me amo.
Buena voluntad, fuerza y bendición
para cada parte.

Continúe relajado en ese deseo de unidad interior en la cual culmina esta práctica, pero después de una pausa, inculque otra idea. Según su motivación, esta podría ser por ejemplo:

> *Mi cuerpo hace mucho por mí.*
> *Mi sistema nervioso hace mucho por mí.*
> *No deseo envenenarlos.*

O tal vez algo como esto:

> *El dinero es poder para vivir.*
> *¿Qué debería comprar?*
> *Poder para vivir.*

Tiene que ser algo importante para usted. Debe mantenerlo natural, ya que será absorbido por sus niveles inconscientes inferiores.

5. Después de unas pocas sesiones, podrá añadir algo más específico acerca de fumar. Si esto es aceptado por su naturaleza emocional sin ninguna mala reacción, perfecto. Permanezca en este punto durante un par de semanas para asegurarse de la ausencia de malas reacciones, luego puede continuar con la siguiente etapa. ¿Qué queremos decir con una mala reacción? Usualmente sería una intensificación o aumento de presión emocional en usted para que haga cualquier cosa que esté tratando de detener —en este caso, fumar— sin ningún claro motivo racional en cuanto a por qué esto

debería suceder. Eso significa que la naturaleza emocional teme que se le prive de algo.

Su mente racional puede estar consciente de que fumar no ofrece ningún beneficio, pero eso no asegura que la naturaleza emocional esté consciente de la misma situación. Aquí está tratando con su yo subracional. Él tiene sus propias "razones", pero estas son incitaciones emocionales, no razones racionales. Su naturaleza emocional puede creer que fumar es señal de madurez, muestra de prosperidad, o calma los nervios. (Quizás ha observado las manos temblorosas y ansiosas de un fumador, pero su yo subracional es subracional). Si encuentra oposición, regrese a la primera etapa, y añada algunas palabras e ideas dichas correctamente para cualquiera que sea la causa del problema. Como un niño, sea paciente, pero firme.

Si experimenta un sueño o una impresión en particular cuando está realizando esta clase de práctica para cualquier propósito, tome nota. Esto significa algo para el mensajero, o para su mente racional.

Al prestar atención a estos detalles puede deducir que junto a las razones emocionales para fumar, puede haber una o más que nunca antes había considerado. Todos sabemos que tenemos un yo subracional, pero todavía puede darnos algunas sorpresas.

El siguiente paso es atacar la clase de situación que, según su experiencia, lo incita a fumar.

6. Ahora visualice esa situación. Vívala de una manera realista como sea posible. Puede ser una reunión de negocios, un encuentro con sus amigos o una cita amorosa. No fume en esos momentos. Visualice cada situación con resultados exitosos sin la necesidad de fumar.

Luego llénese con la luz de su yo superior.
Cargue y bendiga la imagen visualizada de sí mismo,
contémplela un momento, luego deje que se desvanezca.

Tenga cuidado con los detalles del cargado. Como siempre, mantenga su respiración rítmica durante todo el proceso de relajación creativa y su nueva formulación y visualización en la sección final.

El poder atrae al poder. El amor atrae al amor. Así usted —el nuevo usted— no sólo será más respetado, sino más amado. No sólo será más admirado, será más atractivo. ¿Cómo saberlo? ¿Cómo saber si no es amado por sus fallas o por sus debilidades?

Porque el nuevo usted es más adorable, atractivo y respetado que cualquiera de sus imágenes imperfectas.

Así que, atrévase a ser poderoso, adorable y dinámico. Ámese, perdónese y libérese.

Ahora va a vivir su vida a su manera, cargada con poder, fuerza vital, amor y bendición.

Antes de dejar este tema, contestaremos una pregunta que probablemente va a ser hecha por un número de personas que tengan una motivación en particular para dejar de fumar (o beber o dejar la pereza o agresividad o cualquier cosa).

La pregunta es: me he enamorado de alguien que no hace (cualquier cosa), que le disgusta mucho (cualquier cosa). A causa de mi amor por esta persona, deseo finalmente dejar de (cualquier cosa). ¿Tengo que pasar a través del largo procedimiento que usted describe? ¿Puedo hacerlo más rápidamente? ¿Puede mi amor por esta persona inspirarme para que deje completamente lo que a él (ella) le disgusta?

En primer lugar, como hemos dicho, el procedimiento bosquejado en este capítulo puede no ser largo. Para alguna gente, una sesión de visualización creativa dirigida al propósito puede producir un cambio total.

Sin embargo, en otros casos hay más que decir.

¿Cómo ha hecho para enamorarse de alguien cuyos gustos aparentemente difieren en esta forma de los suyos? Y ¿por qué quiere seguir el ejemplo de esa persona de esta forma particular?

Hay varias razones para esto. Los métodos de la visualización creativa, como otras formas de su desarrollo interior, es el conocimiento de querer acercarse a su verdadero usted, no a la idea de que alguien tiene lo que usted debería ser.

Práctica creativa para una mejor memoria

¿Puede la visualización o la relajación creativa ayudar a mejorar su memoria?

Por supuesto, si acepta (como en el caso de fumar o adelgazar) que es necesario trabajar tanto a nivel exterior como a nivel interior.

Cuando pide una mejor memoria, ¿quiere decir la habilidad de recordar ciertas cosas determinadas?, o ¿el nombre de la recepcionista que siempre llama en forma diferente?, o ¿la fecha del cumpleaños de su suegra? o ¿sólo quiere ser menos distraído en cuanto a todas las cosas en general?

La memoria necesita práctica, pero no vamos a pedirle que la ejercite con material innecesario.

Maestros e instructores algunas veces cometen el error con el material que se debe memorizar. Ellos tratan de acortarlo y simplificarlo a tal punto que la memoria del estudiante no tiene nada que recordar.

Cuando desea recordar algo, probablemente no hay razón de por qué deba memorizar las palabras exactas. Esa tendencia es quizás debido al temor de olvidarlas por completo.

Escriba en un pedazo de papel la lista de temas de los cuales quiere hablar y el orden de presentación. Tiene que haber una razón para esos temas y para ese orden. Asegúrese de no olvidar esas razones.

Ahora aprenda sus temas, pero no aprenda el discurso. Nunca aprenda las palabras exactas a menos que sea estrictamente necesario.

¿La razón? Bueno, si puede prescindir de las palabras exactas, esa es una cosa menos que podría hacer que se equivoque. Si depende de las palabras, y una expresión o una frase se le escapa, estará perdido y desorientado. Si está siguiendo el sentido de los temas, puede fácilmente continuar con lo que quiere hablar.

En su sesión diaria de relajación creativa visualice la ocasión en la cual hará su discurso. Locuciones exactas pueden venir a su mente; acéptelas, pero no trate de memorizarlas. Lo importante es construir su sentido de bienestar, de tranquilidad, de éxito. Examine los temas en su mente, en su orden correcto; si no recuerda uno de ellos, no se preocupe, sólo revise su lista con tiempo para asegurarse de que esté bien para mañana.

Finalmente cargue su imagen visualizada de éxito: hágala una realidad viviente.

Por lo tanto, conozca el tema del que va a hablar, no como palabras o cifras, sino como hechos. Luego relájese, visualice, cargue —es parte de su vida— y aprenda.

Algunas veces, por supuesto, las palabras exactas deben ser memorizadas, y no será aceptable ningún sustituto. Puede hacerlo mucho más fácil para usted si divide el tema a tratar en secuencias de pensamiento: razonamiento, emoción, interacción de caracteres, y todo lo que da origen a las palabras. Este rompimiento es más fácil de recordar porque su mente y su naturaleza emocional lo asimilarán más fácilmente de lo que su cerebro podrá memorizar una serie de palabras; entonces, cuando el desarrollo, o la historia, le sean claras, las palabras tendrán un patrón definido de asociaciones los cuales su cerebro puede relacionar.

Muchos actores, actrices y bailarines de temas religiosos han sido vistos antes de una actuación invocando una bendición. Luego su actuación en el escenario es verdaderamente inspirada. El espíritu del público reconoce y responde naturalmente al espíritu del artista.

Si el problema no es debido a conmoción cerebral, amnesia por estrés u otro desorden médicamente tratable, probablemente tiene la más simple de las causas de problemas de memoria en los jóvenes, los viejos, los cultos, los incultos, y todos los que han aprendido a pensar. Ya lo haya detectado o no, la raíz de estos problemas es el hábito de pensar en una cosa mientras hace la otra.

Por lo tanto la cosa pensada no es pensada adecuadamente; y la cosa hecha no es hecha como corresponde.

Por tal razón, la única cura real para ello es empezar a establecer un hábito contrario. Cuando piense, preste toda su atención a lo que está pensando. Si toma notas de sus pensamientos, probablemente no podría poner atención a nada más mientras tanto. Cuando lleve a cabo alguna actividad física, dé toda la atención a lo que está haciendo. Si camina, obtenga todo el valor del ejercicio al caminar. Si envuelve un paquete, interésese por hacerlo bien. Cuando le hable a otra persona, asegúrese de que esa persona preste también toda atención. También haga su trabajo de base, y la relajación creativa a diario.

Y en la última parte de cada sesión, mientras yace totalmente relajado, visualice los principales hechos del próximo día. Véase tan positivo y atento como pueda. Rodee, cargue, contemple la imagen, luego déjela desvanecerse.

Al igual que con los instrumentos que utiliza a diario, es importante saber para qué sirve cada una de sus partes visibles, y cuales son sus componentes. No tiene que desarmarlo todo, pero sí puede averiguar los nombres y objetos importantes y así serán fáciles de memorizar.

En circunstancias cuando es necesario reparar su vehículo u otro instrumento que emplea a menudo, tendrá una clara ventaja al poder usar las palabras correctas y hablar el idioma correcto para ese propósito.

Los cumpleaños de la familia. Mucha gente trata de lidiar con los cumpleaños de la familia y otros aniversarios escribiéndolos en un diario especial. Pero luego olvidan consultar el diario.

El verdadero problema con estas fechas importantes, es que no parecen conectarse de ninguna manera real con la gente involucrada. Algunas personas pueden recordar tales fechas con facilidad porque tienen una habilidad de encontrar y vincular firmemente pequeños datos que pertenecen a su propio mundo personal: "nunca olvido el cumpleaños de la tía Susana porque siempre hace demasiado frío para usar un vestido de verano", por ejemplo.

Pero hay una forma mejor, positiva y recreativa de grabar estas fechas en su mente si ellas tienen un verdadero vínculo con la gente involucrada.

¿Ha pensado alguna vez enfocar esta pregunta desde el punto de vista astrológico? Si ya tiene el más ligero conocimiento de astrología, quizás no necesita leer estos párrafos; cada cumpleaños es un pretexto para un poco de investigación que muy probablemente nunca olvidará. Pero para quienes ésta es una idea nueva, debemos señalar que no estamos sugiriendo que profundicen demasiado en un tema fascinante e ilimitado.

Empiece en el "lado superficial", con un texto confiable sobre signos solares que le darán una idea de la importancia de los planetas. *El Calendario Astrológico* de Llewellyn (publicado anualmente en Inglés) es un excelente y atractivo punto de arranque, ya que contiene características que son valiosas y necesarias, incluso para los más avanzados.

La causa principal que lleva a la gente a tomar la astrología como pasatiempo, es que son guiados por la curiosidad y por el interés humano de conocer las características de los demás y la probabilidad de compatibilidad.

El punto para nosotros aquí es nuevamente "alimentar" la memoria para un mejor desempeño. Cuando usted identifica a alguien por su cumpleaños, usted lo va a recordar.

Pero ahora llegamos a la parte creativa. Con un poco de este conocimiento, puede darle a alguien un mejor deseo de cumpleaños en lugar de una simple tarjeta (claro que la tarjeta también será apreciada, naturalmente).

Los símbolos de la astrología no son poderosos en sí mismos como los símbolos I Ching. Los símbolos astrológicos tienen el poder que usted y su cultura les den. Por lo tanto, manteniéndolos en forma simple, junto al poder de visualización, puede transmitir una poderosa bendición, aún si no tiene mucho conocimiento sobre el tema. (Debería construir esto a través del trabajo de base).

La mayoría de las personas creen que su signo solar es afortunado para ellas; después de todo los han acompañado efectivamente en esta vida, y una persona es natural de su signo solar como un pez lo es del agua o un ave del aire. Por lo tanto es apropiado tener un pensamiento feliz, visualizar y cargar con bendiciones el signo zodiacal del festejado (con tal vez su palabra clave tal como prosperidad para Júpiter, estabilidad para Saturno, etcétera.).

Hasta allí es donde debería llegar el principiante en astrología, visualizando el signo zodiacal o planetario sobre la cabeza de la persona en cuestión, rodeando toda la imagen de blanco, cargándola con la luz del yo superior y enviándola al receptor como una bendición. Pero estudios más avanzados podrían abrir caminos adicionales. ¿Y qué de bodas y aniversarios, por ejemplo?

• • •

Punto de control

- El plan creativo de relajación debe ser usado a diario para la parte del desarrollo interior de su programa de visualización creativa.

- Para romper un hábito indeseado tal como fumar:

    1. Manténgase mental y físicamente ocupado: el trabajo de base aquí le ayudará.

    2. Defina sus motivaciones principales que mantienen este hábito.

    3. Defina sus principales motivaciones para rechazarlo.

    4. Introduzca una afirmación general simple y emotiva que armonice con su principal objeción al hábito, en la etapa final de su relajación creativa diaria.

    5. Después de unas sesiones, introduzca una afirmación específica contra el hábito. Si su yo inferior se opone incrementando el hábito, debe averiguar por qué su naturaleza emocional se aferra a él. Esto involucra examinar sus sueños.

    6. Cuando no hay reacción opositora, construya (todavía en la etapa final de su relajación creativa diaria) la situación típica en la cual está más propenso a este hábito. Viva esto en visualización pero sin caer en el hábito. Cargue la imagen visualizada de su yo victorioso.

- Para mejorar su memoria: evite pensar en una cosa mientras hace otra. Encuentre maneras de dotar a los hechos de significados: Alimente su memoria para que realice un mejor trabajo.

- Para cumpleaños de sus familiares y fechas similares o importantes, use la astrología elemental para dotar esas fechas con significados.

- Use la técnica "adivinación en reversa", presentada en el capítulo 6, a fin de vitalizar los símbolos astrológicos para amigos y parientes. (Aquí necesitará el trabajo de base).

Apéndice A

Terminación de un proceso de visualización creativa

Algunas veces es necesario "apagar" un programa particular de visualización creativa —cuando ha sido lograda una meta específica, o cuando hay un excedente de lo que fue deseado porque este puede ser dañino—. En estas condiciones, la imagen visualizada debe ser destruida y reabsorbida.

Para lograr la comunicación efectiva de ideas, es valioso usar la relajación creativa para alinear los niveles físico, instintual, emocional y espiritual. La comunicación puede ser mente a mente, emoción a emoción, presencia física a presencia física, etc., todos iluminados por la luz del yo superior.

Usted tiene el derecho natural a la visualización creativa con el fin de satisfacer sus necesidades. Con conocimiento consciente de los principios de la visualización creativa, usted evita inconscientemente manipular el curso de los eventos a través de emociones negativas. Pero es sólo trabajando con el poder del yo superior que obtendrá resultados duraderos.

La pregunta tiene que ser estudiada, ¿cómo detener un proceso de visualización creativa cuando ha recibido suficiente de un beneficio particular?

Es el yo emocional-instintual, no el yo racional, el que condiciona lo que viene de la abundancia del universo. La mente racional y consciente decide cuánto y qué es necesario. Si el yo emocional-instintual recibe el mensaje todo está bien. Pero a través de algún temor secreto u otra motivación, puede continuar condicionando lo que es recibido como lo desea, no como la mente decide.

Su yo emocional-instintual puede ser muy parecido al rey Midas en las viejas leyendas. La leyenda dice que este rey tenía orejas de burro, que le enseñan a representar la naturaleza inferior instintual. Otra leyenda dice que todo lo que él tocaba se convertía en oro, por lo que murió de hambre en medio de platos y comida transformados en oro.

Nuestra naturaleza inferior puede cometer errores de esa clase.

Claro que usted no recibirá nada que no sea bueno si su yo emocional-instintual está condicionado a un deseo real de buena salud, felicidad, prosperidad y éxito. Sin embargo, deseos más específicos pueden continuar siendo satisfechos hasta un punto en donde ya no son útiles, sino lo contrario.

Un joven tímido puede desear el poder de atraer a chicas sin la necesidad de aproximarse a ellas primero. Esto puede ser muy bueno para él en ese momento; pero si las chicas continúan agolpándose a su alrededor incluso después de que él esté casado, la situación puede volverse angustiosa para todos los afectados.

Apéndice B

Qué hacer para que los demás vean su visión

Usted quiere que sus semejantes conozcan algo que usted conoce, que tengan fe en algo en lo cual usted tiene fe, que entiendan algo que usted entiende, que vean algo que usted ve; y que actúen sobre ese conocimiento, esa fe, esa comprensión y esa visión.

Usted desea que esto sea su patrón regular de éxito, no sólo un milagro. Usted puede obtener esto. Empecemos desde el principio.

Si usted es profesor, predicador, político; si es un conferencista, un vendedor, o alguien que continuamente expone una opinión sobre algún tema, o sobre facetas particulares de la vida, la relajación creativa es una "necesidad" para usted.

Si no tiene parte de ninguna de estas profesiones, continúe leyendo. Puede necesitar este conocimiento para ganar la apreciación que merece en su trabajo, o ayudarle a sus hijos en el proceso de crecimiento, o en muchas otras situaciones de la vida. Esta sección está dirigida especialmente a la gente profesional, como instrumento valioso para resolver problemas de comunicación.

¿Cómo transmitir sus ideas eficazmente?

Usted necesita frecuente relajación creativa, junto con el beneficio al repasar su material al final de cada sesión. Se recomienda tomar algunas sesiones de relajación creativa al menos una vez por semana.

Antes de considerar qué desea, hay que tener en cuenta el efecto fortificante, energizante y unificador de esta práctica poderosa.

Usted, por supuesto, ha aprendido cómo comunicar. Ha sido entrenado para expresarse clara, enérgica y convincentemente. ¿Qué tan lejos lo lleva eso?

Mucha gente pasa una gran proporción de su tiempo siendo entretenida por otra gente que se expresa clara, enérgica y convincentemente. Y año tras año la gente desarrolla una resistencia más alta para entender lo que oyen o ven.

Usted puede ser un orador entrenado pero a menos que esté en una universidad, probablemente no tiene muchos oyentes entrenados: y si está es una universidad, la competencia por la atención de los oyentes entrenados es aguda.

Por esta razón necesita la visualización creativa para alinear sus niveles físicos, instintuales, emocionales, intelectuales y espirituales de manera que usted, como persona integral, dé vida a su mensaje.

Si su mensaje va a ser positivo, usted debe ser positivo. Si su mensaje va a ser dinámico, usted debe ser dinámico.

Como se dará cuenta, es sólo el comienzo en su tarea. Pero es un principio necesario.

Como portador de mensajes, necesita salud, energía y magnetismo. Una actitud fría o distante en usted podría reflejarse en su mensaje.

Esto es particularmente importante en estos días cuando mucha gente es propensa, como ya se ha sugerido, al aburrimiento y a cerrar las puertas al razonamiento sensato, aún en contra de la simple evidencia. Pero las puertas de los instintos, las emociones, las percepciones inconscientes no pueden ser cerradas tan fácilmente.

Usted desea que su argumento racional sea aceptado racionalmente. Quiere que sus oyentes sean felices por haber considerado y aceptado lo que se les ha ofrecido. Pero puede ser aceptado racionalmente sólo cuando se ha escuchado bien y claramente.

¿Cómo asegurará que ha escuchado correctamente?

Por medio del llamamiento de sus instintos, emociones y percepción inconsciente alineados, con su mente racional y su presencia física —de usted como persona integral— a la persona total de sus oyentes, mente racional a mente racional, naturaleza emocional a naturaleza emocional, presencia física a presencia física, y todo lo demás.

Su mensaje también será activado por la luz de su yo superior. La fuerza de la persuasión es tan poderosa que algún día tendrá que justificar su alcance ético.

Nosotros también hemos tenido que estar seguros de esta justificación, al decidir colocar este poderoso instrumento de persuasión en las manos del público. Un libro sobre visualización creativa sin el presente capítulo habría dado el conocimiento necesario implícitamente, pero este capítulo lo hace explícito.

No sobra estipular que no se trata de persuadir a alguien a hacer una compra, que sea parte de una organización o consienta una opinión. En otras palabras, si alguien le ha prestado atención cuidadosamente y su opinión todavía está en contra suya puede, si el tiempo y las circunstancias lo garantizan, continuar tratando de convencerlo, pero no debe tratar de hacerle hablar o actuar en desacuerdo con su opinión.

Esta regla es una ratificación de la ya presentada anteriormente en este libro. Para ilustrar esto, tomemos el ejemplo de un vendedor que, en la visualización creativa, ha colocado un alto objetivo en su comisión. Esto es aceptado. Sin embargo, el vendedor no tiene derecho a escoger a cualquier persona como cliente.

¿Cómo podemos transmitir el conocimiento de este poderoso medio de persuasión?

La respuesta es simple. Admitimos que puede hacerse daño, durante algún tiempo, por medio de la formación de imágenes astrales por parte de los codiciosos o mal enfocados. Esto, desafortunadamente, ocurre sin cesar, ya la gente entienda los principios o no. Pero el incentivo de depender deliberadamente de tales métodos es muy pequeño. La gente que aplica presiones indebidas o no dignas a través de la construcción de imágenes astrales puede beneficiarse en dinero o en prestigio durante algún tiempo, o también puede no suceder. El mundo espiritual no les garantiza sus objetivos y por el contrario los resultados pueden ser negativos.

Por lo tanto, podemos dejar atrás estos aspectos algo negativos, y avanzar con nuestro tema positivo, inspirador y radiante.

Usted está convencido de que puede, ya sea por beneficios espirituales, intelectuales o materiales, traer felicidad y satisfacción en las vidas de los demás. Su propio bienestar está también probablemente involucrado en el proceso. Ésta es sólo una condición que se aplica a muchas etapas de la vida.

Es necesario que los beneficios sean reconocidos y apreciados por parte suya y por los demás. Usted mismo se ha convertido en un eficiente portador de mensajes por medio de la relajación creativa. Ahora tiene que formular y energizar la importancia del mensaje mismo; también mediante sesiones de relajación creativa si desea, o mediante sesiones de visualización creativa si considera que es mejor hacer esa distinción.

Conmuévase por lo que visualiza. No tema ni se avergüence de ser conmovido por lo que visualiza. Entusiásmese, emociónese por ello. Reconozca el bien que puede hacer, de cuánto bien hará. Vea en él todas esas buenas características que acaba de enumerar mentalmente.

Imagine a otra gente —en forma individual o colectiva— a su lado. Usted está mostrando su visión, ellos ven todo lo bueno en ella. Saben que esto es verdad.

Cada vez que tenga oportunidad de hablar sobre este tema, no hable de ello de forma abstracta. Su mensaje es de una visión, esa visión que ha visto y que quiere permitirles ver. No siempre tiene que usar las mismas palabras en ello, pero introduzca algunas de las expresiones que ha asociado con ella, convirtiéndola en su visión. Descríbala. Conviértala en la visión de quienes lo escuchan. Esto dará resultado.

Además de estas prácticas, no olvide llevar a cabo la relajación creativa sin "trabajo de visión" al menos una semana para su bien físico y psicológico.

Apéndice C

La lámpara brillante del conocimiento

L a sabiduría es simplemente sabiduría. Los textos de sabiduría que podemos relacionar con la visualización creativa usualmente no presentan una perspectiva completa sobre el tema. En algunos casos los autores pueden no estar conscientes de su complejidad, y en otros las teorías relacionadas son expuestas por místicos avanzados que ya no están interesados en la posibilidad de la realización material. También hay casos donde ha habido un activo deseo de evitar hacer públicos los principios y práctica de la visualización creativa.

Es nuestra opinión que este secreto no debe ser continuado, por las siguientes tres razones:

1. Mucha gente tiene la necesidad de bienes materiales o del desarrollo interior que pueden obtener por medio de la visualización creativa, pero no la esperarían como un evento ordinario.

2. La fuerza espiritual siempre está adquiriendo manifestaciones materiales, y se disipa continuamente, ya sea a partir de cualquier acción humana conciente o inconciente. También vemos a seres humanos causando desastres frecuentemente para ellos o para otros, al manipular inconscientemente el curso de los eventos a través de emociones negativas.

3. Sólo al trabajar con el poder del yo superior, puede asegurarse resultados duraderos.

Nuestro propósito, por lo tanto, es presentar en el apéndice un número de citas, unas ya mencionadas en este libro, que muestran, en las palabras de escritores místicos de diversas tradiciones, las verdades espirituales que subyacen a la visualización creativa o los efectos de la aplicación positiva de esas verdades, ya sea o no que esto sea forjado específicamente por la visualización.

La primera cita proviene de *Black Elk Speaks*, y es la historia de la vida de un hombre santo de los Siux Oglala, como se le narra a John G. Neihardt*. (Hay varios pasajes en los cuales las palabras de Black Elk implican el mismo fondo espiritual que es establecido aquí, pero éste es particularmente claro y explícito).

---

*Pocket Books (New York) 1973.

"Caballo Loco soñó y fue al mundo donde no hay nada excepto los espíritus de todas las cosas. Ese es el mundo que está detrás de este, y todo lo que vemos aquí es como una sombra de ese mundo. . . fue esta visión que le dio su gran poder. . ."

En otra parte de ese libro, John G. Neihardt cita que Black Elk no sabía leer y no tenía conocimiento de las cosas del mundo.

La siguiente cita es de Plotinus (nacido en Egipto alrededor de 205 a. de C.).

"La grandeza de la inteligencia puede ser vista también de la siguiente forma. Admiramos la magnitud y belleza del mundo de los sentidos, la regularidad eterna de sus movimientos, sus seres vivientes visibles e invisibles, sus espíritus de la tierra, animales y plantas. Pongámonos a la altura de este modelo, la realidad superior de la cual se deriva este mundo, y allí contemplemos todo el orden de inteligibles que poseen eternamente su inteligencia y vida inalienable. Allí preside la pura inteligencia y la sabiduría increíble". (Plotinus, *Ennead*, volumen 1, adaptado de la traducción de Joseph Katz)*.

El Ratnamegha Sutra, un documento del Budismo Mahayana, nos cuenta lo siguiente acerca del bodhisatva. (Un bodhisatva es un ser espiritual que no acepta la dicha de Budismo, y retorna para ayudar a la humanidad).

"El bodhisatva, que examina minuciosamente la naturaleza de las cosas, insiste en el cuidado siempre presente

---

*Appleton Century Crofts (1950).

de la actividad mental y de esta manera no cae bajo el control de la mente, sino que ésta queda bajo su control. Y con la mente bajo su dominio, todos los fenómenos están bajo su control".

Muchos de los textos de Budismo, a causa de su modo intelectual de enfocar el tema, tienden a proyectar su filosofía en forma oscura para aquellos que tienen poco o ningún conocimiento. Sin embargo, hay un cambio en el ritmo cuando nos remitimos a la canción de un místico persa que está describiendo la forma segura de la meta sublime.

Aunque su planteamiento es poco claro, evidentemente no quiere decir que su sentido sea minimizado. Su promesa debe ser tomada literalmente pero la copa es más profunda de lo que parece.

El Terdjih Bend fue escrito en el siglo XVIII, por Ahmed Hatif; nuestra cita es de la versión Aurum Solis, dada en el volumen V de *The Magic Philosophy*:

"Cuando todas las cosas que ves, te ven con amor, entonces todas las cosas que amas, pronto las verás".

Los eruditos han estado debatiendo por siglos las dignidades rivales del amor y conocimiento, pero el místico sabe que en cuestiones divinas el debate no tiene propósito, porque los dos son inseparables. El santo músico hindú medieval, Pey de Mylapore, dice esto: "Iluminando en mi corazón la lámpara radiante de conocimiento, lo busqué y lo atrapé: suavemente el Señor de los Milagros entró en mi corazón y se quedó allí nunca se alejó".

Del Nuevo Testamento, estos son básicos: "El reino de Dios sea contigo". Lucas 17:21.

"Pero buscad primero en el reino de Dios y su justicia, y todas estas cosas (comida, bebida, ropa) te serán añadidas". Mateo 6:23.

Este podría ser llamado el evangelio de la abundancia: "Pide, y te será dado; busca, y encontrarás; llama, y te será abierto. Porque aquel que pide, recibe; y el que busca encuentra; y el que llama le será abierto. O quién entre vosotros, a quien si su hijo pide pan, ¿le dará una piedra?, o si pide un pez, ¿le dará una serpiente? Si vosotros entonces, siendo malos, sabed dar buenos regalos a sus hijos, ¿cuánto más tu Padre que está en el cielo les dará buenas cosas que a él le pidan? Por lo tanto toda cosa que quisierais que los hombres te hicieran, hacédselo vosotros también: porque esta es la ley y los profetas". Mateo 7: 7–12.

Hay otros pasajes que podrían ser citados (algunos de los cuales son dados en el capítulo 4) los cuales rastrean nuestros temas como un hilo a través del complejo tapiz del Nuevo Testamento; pero estos dos bastarán aquí:

"Si tenéis fe como un grano de mostaza, dirán a esta montaña, muévete a ese lugar, y se moverá; y nada te será imposible". Mateo 15:20.

"Da, y te será dado: buena mesura darán los hombres a tu pecho. Porque con la misma vara que midas seréis medido". Lucas 7:38.

Lo anterior es la base del consejo de John Wesley:
"Consiga todo lo que pueda, de todo lo que pueda".

Regresando al poder de la imaginación visual sobre fenómenos materiales, nos referimos otra vez al doctor O. Carl Simonton sobre la actividad psíquica observada en un número de pacientes que mejoraron inesperadamente:

"Lo importante fue lo que ellos imaginaron y la forma en que vieron las cosas. Fueron positivos, sin importar la fuente, y su imagen fue muy positiva".

(Aunque existen muchas historias sobre el poder de la imaginación visual la cual es un hecho aceptado por los místicos y ocultistas, la investigación y evidencia de Simonton vale la pena resaltar).

Apéndice D

La visualización creativa en la oración y la adoración

El uso de la visualización creativa en la adoración y oración tal vez es más efectiva en los seguidores de una religión con imágenes establecidas, de lo que puede ser en personas de una fe más austera y sin imágenes. Poseer fe religiosa es una gran ventaja en el desarrollo de su vida interior.

Por supuesto, no todos los creyentes adoran, y no todos los creyentes oran, pero algunas de estas ideas pueden ser atractivas. Su pensamiento podría inclinarse en esa dirección o incluso imaginar la deidad en la cual ellos mismos creen. Al hacerlo, la idea de orar y adorar es más concebible.

¿Pero cómo debería orar? ¿Cómo debo empezar?, pueden preguntar algunos.

Usted podría empezar como comienzan los niños a hablar, con una sola palabra; algunas de las oraciones más grandes y más poderosas han sido sólo una palabra sencilla. Para el resto, no hay "cómo", no hay "forma adecuada de dirigirse". Nada es más íntimo, más único que la relación entre la deidad y el adorador.

No importa si las palabras utilizadas en la oración son genuinas o han sido utilizadas miles de cientos de veces. Lo que importa es que estas palabras son su oración, y por medio de ellas habrá encontrado una de las fuentes más grandes de fuerza, de inspiración, de ideas espirituales, de alegría y confianza en todos los niveles del ser que han sido conocidos por la humanidad en todas las tierras y durante todos los tiempos.

Con respecto a la visualización, no se sugiere que alguien deba superar dudas que tengan referentes a la rectitud —o la posibilidad— de imaginar a la deidad en cualquier forma específica. Al mismo tiempo, si desea incrementar los beneficios que puede ganar al usar la visualización creativa en su oración y adoración, debe considerar si hay algún ser espiritual que pueda mantener en su imaginación visual, como recipiente o como portador de sus peticiones a la deidad.

Para aquellos que adoran a su Dios o Diosa en una forma simbólica tradicional, o para adoradores de una deidad encarnada, puede no necesitarse más consejos en cuanto al ser divino que deben visualizar. Sin embargo, si tiene alguna dificultad al respecto, podría beneficiarse al imaginar a su Ángel Guardián, o un Santo, y pedirle que presente sus oraciones y peticiones a la deidad. (Su santo puede ser uno reconocido cuyo nombre considera apropiado o uno asociado con el tema de su actual proyecto de visualización. Él o ella puede ser una persona no reconocida como santo por alguna iglesia: cualquier persona que ha muerto y a quien ama y venera —un abuelo tal vez— sería apropiado. Como los primeros misionarios a China pronto descubrieron, la adoración a los ancestros y la veneración de los santos son básicamente lo mismo.

También puede visualizar a su deidad o a su santo; mucha gente lo hace y es muy poderoso.

Ya sea que esté visualizando a la deidad en cualquier forma, o a un Ángel o Santo, procure "ver" a ese ser con un aspecto gracioso y benigno: radiante, poderoso, acogedor y compasivo. Si tiene a su disposición una representación o escultura de su apariencia, esto puede ayudarle a su visualización. Pero recuerde, no se espera que atribuya ningún poder a la imagen material, no está haciendo un fetiche o talismán de él. Sólo la intención de ayudarlo en la formulación tan clara como sea posible de la imagen visualizada, y también para evitarle la dificultad de orar "al aire" con convicción.

Un devoto hindú describió una vez cómo, en la oración, él ofrecía luces y flores con palabras de amor y adoración a la apariencia de su deidad.

"Pero cuando mi hora de adoración termina", dijo, "dejo la imagen de piedra sobre el altar y pongo la imagen verdadera de regreso dentro de mi corazón".

Hay situaciones en las cuales la gente ora a una divinidad a la cual no lo había hecho antes, o a las fuerzas que nunca antes ha invocado. Frecuentemente estos solicitantes reciben lo que piden. Es sabido que en emergencias el hombre tiene acceso a áreas de su mente profundas las cuales están selladas a su presencia en circunstancias normales, y poder orar efectivamente cuando no hay crisis es algo en lo que no puede contar sin práctica.

Por lo tanto si entra al camino de la devoción, sígalo con perseverancia y con todo el fervor que pueda encontrar dentro de su ser.

Si va a visualizar a la deidad a quien usted ora, proceda de la siguiente forma:

1. Construya primero una clara imagen visualizada del objetivo que busca: ya sea un beneficio para el alma o cuerpo, ya sea para usted o para alguien más. Formule una representación clara: la persona con su salud restaurada por ejemplo, o el certificado por pasar un examen que se le está dando. O, si el objetivo que busca es algo visible y material, entonces simplemente formule una representación de la cosa misma, preferiblemente "viéndola" que es usada por su proyectado dueño ya sea usted o alguien más.

2. Visualice su imagen de la deidad, ya sea en forma humana o algo diferente, o simplemente como luz, brillante y beneficiosa.

3. Haga adoración a la deidad, en términos usualmente usados en sus oraciones o como se sienta motivado en este momento en particular.

4. Establezca, clara y precisamente, lo que quiere. Establezca sin vacilación que esto es necesitado; no se horrorice por ser emotivo debido a esto.

5. "Vea" eso que desea radiante por el contacto divino, y entregado a usted por la deidad; o "escuche" —y repita nuevamente para sí mismo— las palabras que le dicen el evento que va a suceder. Acepte el regalo y dé gracias por él.

6. Deje que todo eso que ha visualizado se desvanezca de su conciencia.

7. Durante el día, y durante la noche si se despierta, recuerde la acción descrita en el paso 5 —aunque sea sólo un momento a la vez— y nuevamente dé gracias.

8. Cuando aquello para lo cual ha orado realmente sucede en el mundo material, dé gracias especialmente por ello. Y continúe en sus devociones con renovada fe.

Si hace su solicitud con la ayuda de un intermediario, o un asistente sagrado —ya sea que vaya a visualizar una presentación divina o no— entonces proceda de la manera siguiente:

1. Como se hizo anteriormente en el paso 1.

2. Visualice a su intermediario seleccionado, la persona santa o ser angelical con quien tenga una relación particular o que está especialmente relacionado con el tema de su solicitud.

3. Haga un saludo sincero y adecuado a este ser. Luego pídale que lleve a cabo su solicitud (que en este punto usted no establece en detalle) a la deidad (a quien nombra o indica con un título aceptable). Pida a su intermediario que interceda por usted (y por cualquiera que atañe a la solicitud) y para obtener para sí mismo (y para la otra persona) lo que necesita. Sea positivo que lo que pide se cumplirá.

4. Visualice a su intermediario en camino a presentar su solicitud a la deidad; que va realmente; caminando, volando, lo que quiera. Ya sea o no que pretenda visualizar a la deidad, asegúrese de "ver" a su intermediario llevando su solicitud. Esta es una parte muy poderosa del procedimiento.

5. Si desea visualizar a su deidad, hágalo ahora. En cualquier caso, concentre toda su atención en la deidad, y haga su saludo y adoración, invocando a la deidad directamente.

6. Establezca, clara y precisamente, lo que busca. Diga sin vacilación que esto es necesitado; no tenga miedo de ser emotivo debido a ello. También recuerde manifestar que su asistente sagrado (a quien designe) está pidiendo esto junto con usted.

7. Retirando su atención de la presencia Divina, "vea" que su intermediario regresa hacia usted, encantado y radiante, con su solicitud concedida. "Vea" que le da el objeto, o "escuche" las palabras que le dicen que el suceso ocurrirá. Acepte el regalo, y dé gracias por él.

8. Deje que todo lo que ha visualizado se desvanezca suavemente de su conciencia.

9. Durante el día, y durante la noche si se despierta, recuerde la acción descrita en el paso 7 —aunque sea sólo un momento a la vez— y nuevamente dé gracias.

10. Cuando aquello por lo cual ha orado sucede realmente en el mundo material, no deje de dar gracias por ello. Continúe en sus devociones con renovada fe —no olvide a su asistente sagrado—.

Cuando pida algo por medio de la oración, siempre hágalo de esta forma: es decir, por medios espirituales. Por supuesto si usted está enfermo, tome las medidas terrenales necesarias para curarse así como también orar para obtener sanación; y si quiere pasar un examen, estudie y ore.

Nunca olvide esto: detrás de toda su visualización y construcción de imágenes, dándole validez y significado, está la realidad de la deidad; una realidad más real que cualquier cosa terrenal, un poder más poderoso y más amoroso de lo que podemos comprender. Si solamente podemos aprender a pedir correctamente —y una total confianza y una clara percepción de nuestras necesidades reales es lo que se pretende aquí— no hay límite a la abundancia, tanto espiritual como material, con la cual seremos bendecidos.

Apéndice E

Mantenimiento de la buena salud

En este libro hay alguna evidencia importante para que el valor de la visualización creativa ayude en la recuperación de enfermedades. La visualización creativa tiene otra área de uso efectivo que puede ser de gran valor para todos: el mantenimiento de la buena salud.

Buena dieta, descanso, aire fresco, ejercicio, todas estas cosas hacen la buena salud. Mucha gente podría valorar menos una de ellas; pero otra necesidad que es probablemente aun más importante es valorar cualquier dieta, descanso, aire fresco y ejercicio que esté a su alcance.

No sólo necesitamos tener estas cosas buenas; si nuestros cuerpos van a derivar total beneficio de ellos, necesitamos saber que los tenemos. Lo más importante de todo, nuestra mente profunda necesita conocernos completamente.

El poder de la imaginación es tan inmenso que es difícil en muchos casos trazar una línea divisoria entre hacer uso total de lo que tenemos, y vivir sin algo que no tenemos. Eso se refiere a casos cuando alguien sobrevive una situación extrema (el hambre, por ejemplo) sin ningún daño físico o emocional que se pueda percibir.

Desde tiempos remotos hasta hoy, la principal causa de ansiedad para la mayoría de los humanos ha sido el temor al hambre y a la inanición. El resultado directo de ese temor (no sólo en humanos sino en cualquier criatura sensible) es demostrable, y es sólo lo que podría esperarse: cuando el suministro de alimento está presente, el impulso es comer tanto como sea posible mientras dure. Esto parece ser el resultado del pensamiento racional pero en efecto es más instintivo, y está profundamente vinculado a nuestro instinto básico de autopreservación.

Nuestra mente profunda puede hacer algunas cosas maravillosas para nosotros, pero es subracional; trabaja enteramente en el nivel instintual de nuestro ser psicofísico. Cuando estamos preocupados o ansiosos por algo, y si no aclaramos muy bien la situación en nuestra mente profunda, hay peligro de que pueda conectar esta emoción de ansiedad, inseguridad, temor, con el temor primitivo de la inanición. Si esto sucede, nos impulsa compulsivamente a comer de todo lo que podamos en ese momento.

Todos necesitamos una dieta adecuada y sensata según la edad, estatura, peso, sexo, tipo de trabajo y estado de salud, y cualquier condición seria o desconcertante debe recibir una atención médica. Sin embargo más allá de todo esto, debe asegurarse de que su mente profunda reconozca totalmente su estado de bienestar.

Ya sea que tenga o no problemas alimenticios, sería aconsejable adoptar estas sugerencias:

Primero, asegúrese de que está comiendo el alimento más adecuado para usted. No se aflija por no tener lo que le gustaría. Acepte que lo que tiene va a hacerle bien. Comparta esta resolución con su mente profunda hablándole en voz alta, calmada pero firmemente.

Para personas con orientaciones religiosas, "decir una oración" antes y/o después de las comidas es una forma excelente de enviar el mensaje a la mente profunda.

Si quiere practicar visualización creativa para una provisión de más o mejor alimento, o para algún artículo en particular que necesite, usted tiene dos opciones: (1) hacer su visualización creativa al menos una hora antes de comer, y preferiblemente lo primero en la mañana; o (2) sirva su comida, y al orar antes de comerla, bendígala de acuerdo con la técnica de multiplicación, de tal manera que incluya todo lo que desea. Cuando haya completado la técnica y haya permitido que la luz se desvanezca de su conciencia, coma con buena voluntad y confianza. La técnica de multiplicación puede ser usada efectivamente en otras necesidades, pero ha sido asociada desde tiempos antiguos con el alimento.

Coma lenta pero uniformemente. No lea (si puede evitarlo), vea televisión, participe en charlas emocionantes o escuche los noticieros. Mientras mastica cada bocado, piense en la nutrición, fuerza y energía que este alimento le dará. (Tenga cuidado, particularmente si sufre de sobrepeso, de no dejar que su aprobación por la comida se enfoque, en su lugar, en su apariencia atractiva, olor y sabor).

De vez en cuando medite lo que espera como resultado de esta buena comida: beneficio en trabajo, ejercicio, diversión nocturna, mejor salud, mejor apariencia, sueño profundo y un despertar renovado. Visualice sus músculos, nervios, cabello, piel, sangre siendo fortificados por este alimento.

Piense e imagine confiadamente que cuando ha terminado su alimento se sentirá satisfecho y estará bien nutrido.

Comer lentamente sirve para dos propósitos. Como los doctores nos dicen, hace al alimento más digestible y verdaderamente más satisfactorio. Pero también —otro ángulo importante— comer lentamente da a su mente profunda una posibilidad de ponerse al corriente de lo que está haciendo, de absorber el mensaje que su alimento es adecuado, nutricional, proveedor de energía y satisfactorio.

Un tema relacionado que necesita ser mencionado aquí es el del insomnio. Algo peor que el insomnio mismo es la preocupación por éste: como cualquier otra preocupación, este es un desperdicio de tiempo que podría dársele a la acción creativa.

El insomnio crónico necesita cuidado médico, pero ocasionalmente perder una noche de sueño no molesta a nadie. Además, suponiendo que está desvelado a causa del trabajo que tiene que hacer mañana. La ansiedad de no dormir ahora no le ayudará, sólo puede hacer peores las cosas.

Si una causa física o mental está evitando que duerma, intente tratar con eso primero. Si tiene pensamientos con respecto al trabajo, y tiene miedo de ir a dormir antes de fijarlos en su memoria, es mejor levantarse, clarificar sus ideas, escribirlas y luego regresar a dormir.

Cuando esté de nuevo acostado, relájese completa y lentamente rechace los pensamientos intensos. Sólo revise de vez en cuando sus miembros y tronco para asegurar que están relajados. Establezca la respiración rítmica y respire profunda y constantemente como lo haría cuando está durmiendo. Imagínese durmiendo.

Si no puede dormir a causa de un dolor, Así que, nuevamente, establezca la respiración rítmica y preste su atención a una relajación detallada. Cuando llegue a los músculos del área del dolor, tenga especial cuidado de relajarlos tanto como los otros. Si existe alguna herida, inflamación o neuralgia, visualice esto como si estuviera curada, suavizada, relajada y la causa del dolor eliminada. Una buena imagen para mucha gente es visualizar dedos delgados y suaves que tocan o acarician el lugar del dolor, aliviándola y curándola. A medida que visualiza esto, preste atención no sólo en "ver" esos dedos sino en "sentir" el toque firme y suave y la frescura de la curación.

Mantenga la respiración rítmica y relaje el resto de los músculos. Permanezca relajado mientras pueda, luego repita todo el proceso incluyendo la visualización. Probablemente se dormirá, y al despertar, se sentirá mucho más aliviado que si se hubiera drogado para evitar el dolor. En cualquier caso, habrá descansado efectivamente y habrá hecho mucho para ayudarse, sin importar la causa del problema.

Su mente profunda es el instrumento y asistente más maravilloso que pueda tener. Sin embargo, tiene que ser su instrumento y asistente; nunca su maestro. Con todos sus poderes maravillosos, su mente profunda —la parte inconsciente de su naturaleza emocional-instintual— es parte de su yo inferior, y nunca debe ser confundido con su yo superior. De igual forma que su mente racional debe aprender a estar consciente de, y prestar atención a las incitaciones de su yo superior, así su mente profunda que es parte de su yo inferior debe ser guiada y dirigida por su mente racional. Si se deja a su suerte, su mente profunda es incapaz de manejar su vida correctamente.

En nuestra naturaleza emocional-instintual hay dos motivaciones profundas, que a menudo son llamadas los instintos de lucha y conservación. Cuando algo nos amenaza o nos lastima, somos incitados a reaccionar según estos instintos. Ya sea que nos sintamos inclinados a luchar contra la causa del problema o que huyamos de él, dependerá de un número de factores; pero como principio, no importa cuál vaya a ser, los nervios se vuelven más alertas y los músculos se tensan listos para la acción.

Suponiendo que la amenaza es algo que no exige ni lucha ni retirada. En este caso podría terminar con "dolor de cabeza" debido a la tensión, que no le ayudará a hacer frente a una situación. O, suponiendo que tiene un dolor físico, como los que hemos estado discutiendo. La tensión muscular, en muchos casos, no dará ningún beneficio. En efecto, puede hacer daño, porque músculos tensos restringen la circulación de la sangre que debe ir a la parte que produce el dolor; y algunos de los usos de la circulación es llevarse impurezas para reducir la inflamación y nutrir a los nervios y tejidos.

Aquí, por lo tanto, hará bien en invalidar la acción de su naturaleza emocional-instintual, y con su mente racional guiar a su cuerpo a través de una relajación progresiva. Pero tradicionalmente, usted debe dar a su mente profunda algún buen trabajo para hacer. Puede transmitirle, por medio de la visualización creativa, una imagen útil para activar los dedos suaves y curativos por ejemplo, y usando esta imagen, puede ocasionar resultados que su mente racional sería incapaz de producir por medio de sus propias habilidades.

El aire fresco para muchas personas es la solución. Vivir cerca de un campo abierto o una zona costera sería lo ideal; pero una sesión de respiración rítmica en su casa, rodeado de sus amigos que producen oxígeno (las plantas verdes que toman dióxido de carbono que usted exhala y dan oxígeno para que aspire) es mejor para sus pulmones y su sangre que trotar por una autopista cargada de gases tóxicos.

La visualización creativa tiene una parte muy real y tradicional que jugar en la respiración rítmica, particularmente en una sesión de respiración desarrollada expresamente para el bien de su salud.

El aire calentado por el Sol a una temperatura agradable es ideal. Queremos abundancia de oxígeno, pero no sin diluir; ya que la presencia de un pequeño porcentaje de dióxido de carbono y suficiente vapor de agua es benéfico a los pulmones y mantiene la respiración normal. Por lo tanto, una vez que ha establecido su respiración rítmica con el mejor aire que pueda encontrar, todo lo que necesita pensar es en el proceso principal que está sucediendo: cuando el aire llega a sus pulmones el oxígeno que contiene es tomado por su sangre, que luego lo lleva a través de su cuerpo para la nutrición y renovación de cada tejido; la sangre recibe continuamente a cambio de su suministro de oxígeno el ácido carbónico que los tejidos desechan y vuelve a hacerlo circular hacia los pulmones, purificándose al deshacerse del dióxido de carbono en el aire que usted exhala.

Esa es una simplificación, pero lo que necesita aquí es una representación mental clara, no un estudio complicado en fisiología.

Pero puede ir más allá del mero nivel físico. Puede hacer más para sí que eso.

Visualice la luz de su yo superior rodeándolo, brillante y proveedor de vida.

Cuando exhala, "sienta" esa luz —radiante, cálida, que lleva alegría y comodidad— que es inhalada por usted junto con el aire llevado a los pulmones la sangre, brillando en su corazón y por todo su cuerpo a medida que esparce paz, fuerza y bendición. ("Envíela" a cualquier región de su cuerpo que necesite ayuda).

Cuando exhale, sienta que se aparta también del cansancio, de los pensamientos negativos, las dudas o temores que pueden haberlo molestado. En la siguiente inhalación, junto con el aire cargado de oxígeno, traiga hacia usted nuevamente alegría, paz, fuerza y bendiciones, todas llevadas en la luz espiritual radiante.

Esta práctica no es "sólo imaginación". Su yo superior está realmente allí todo el tiempo, y la conciencia de su presencia es amor y luz: luz y amor inconquistables. Para recibir sus bendiciones sólo tiene que estar consciente, abrirse a ellas en confianza y estar dispuesto a experimentar esa fuerza y alegría. La práctica de la respiración rítmica le da la oportunidad de hacer esto.

De esta forma, el aire que está respirando no es solamente un beneficio físico; se convierte en un poderoso símbolo para llevarle un mayor bien espiritual.

El ejercicio es otra clave esencial para mantener y mejorar la salud. Todos necesitamos ejercicio de una clase u otra; y sin importar qué clase de ejercicio practique, siempre hay posibilidad de mejorar su desempeño a través del uso de la visualización creativa.

Para cada ejercicio que incluya en su rutina, deberá conocer exactamente qué músculos afecta y lo que puede esperar de ello. Tome uno de sus ejercicios y, antes de hacerlo, reflexione calmadamente en lo que hace y para qué es. A continuación, visualícese haciendo este ejercicio exacta y perfectamente. Si gusta, vaya de esta forma a través de varios ejercicios que le sean familiares. Luego hágalo enfrente de un espejo grande si es posible, o mientras los hace, renueve la visualización de sí mismo en acción. Su placer, su desempeño y el beneficio obtenido será obviamente mejorado.

Si nada, corre, juega tenis o fútbol, cualquiera que sea su recreación física, siéntese algunas veces silenciosamente y en su imaginación vaya a través de movimientos; no con pereza, sino con cuidado. El "calentamiento" físico es útil, así como lo es el "calentamiento" imaginativo porque involucra la otra mitad de la coordinación mente-cuerpo. Pero todavía puede ir más lejos. Visualícese realizando las acciones de una acción triunfadora. Esto no tomará el lugar de la práctica física, pero puede suplementarlo muy efectivamente.

   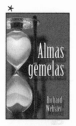 

HECHIZOS PARA EL

AMOR

SILVER RAVENWOLF

Silver RavenWolf

HECHIZOS PARA EL AMOR

Ya sea que desee encender la llama de la pasión
a travéz de la magia con velas o terminar una
relación amarga con el hechizo del limón,
Hechizos para el amor le enseñará más de cien
maneras para encontrar, retener o inclusive
disipar el amor de su vida.

5³⁄₁₆"x 6" • 312 pgs.

0-7387-0064-9

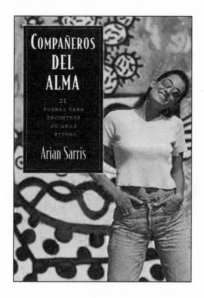

Arian Sarris

COMPAÑEROS DEL ALMA
21 FORMAS PARA ENCONTRAR
SU AMOR ETERNO

Es imposible encontrar a la pareja perfecta
con sólo desearlo. En esta obra se incluyen
21 ejercicios diseñados para cambiar
la atracción magnetica de su aura.

$5\frac{3}{16}$" x 8" • 240 pgs.

1-56718-613-0

Edain McCoy

ENCANTOS DE AMOR

Encantos de amor le puede ayudar a atraer,
conservar y mejorar sus relaciones de
pareja a travéz de este libro mágico
con 90 encantamientos.

7½"x 9⅛" • 240 pgs.

1-56718-701-3